著／入間人間
原作・イラスト／仲谷 鳰

やがて君になる 佐伯沙弥香について

Bloom Into You: Regarding Saeki Sayaka

思い出せないほどに
時間を経ても、
消えることはない。
傷だって、
温度だって、
なんだって。

Table of contents

007 ―――― 5年3組　佐伯沙弥香

065 ―――― 友澄女子中学校2-C　佐伯沙弥香

Bloom Into You:
Regarding Saeki Sayaka

Presented by
Iruma Hitoma & Nakatani Nio

Graphic Design = BALCOLONY.

やがて君になる 佐伯沙弥香について

Bloom Into You:
Regarding Saeki Sayaka

著／入間人間
原作・イラスト／仲谷 鳰

5年3組　佐伯沙弥香

Bloom Into You:
Regarding Saeki Sayaka

傲慢なことを言うなら、自分ができる人間なのだと早々に知った。

この場合のできるというのは、努力を重ねれば成果が出るということ、そしてその継続ができるということ。その二つの価値と意味を、私は他の子より早く理解したのだと思う。

だから放課後の予定を埋めるように習い事があっても、苦にはならなかった。

生け花に習字教室、ピアノ、学習塾、三年生からは水泳教室も増えた。次に加わるのは英会話だと思う。子供に与えられるような選択は大体選んでいた。選べるだけでも恵まれているのだろう。

私の家は子供の目から見ても、他より立派だった。

黒塗りの門はあるし、左側にお手伝いさん用のくぐり戸があって、敷地《しきち》内《ない》の庭には何本もの木がそびえている。塀は高く、外から簡単には覗《のぞ》けないようになっている。

向かい側に建つ薄緑色のアパート全体よりも広い家。

住むのは父母に私、父方の祖父母、そして二匹の猫。人数に比べて、家は大きく。

そこに生まれて生活する自分は、できない子でいてはならない。

私は、誰かに教えられることなく自然とそう考えていた。当然、誰かに聞いたわけではないから本当に正しいかは分からなかった。でも私がはきはきと動いて、いい結果を出せば家族は悪い顔をしない。優秀な子を持って嬉《うれ》しくない親はいないだろう。

だから今日も一旦家に帰って、ランドセルを置いてからすぐに習い事へ向かう用意をする。両親は共働きなので、家の中は静まりかえっている。祖父母が出かけない日なので、お手伝いさんの姿もない。台所に寄って、コップ一杯の水を飲んだ。小学校から家までの距離を歩いてくるだけでも喉がひりつく。換気扇の向こうから、蟬《せみ》の鳴き声が聞こえていた。

水泳道具の入った鞄《かばん》を持って家を出る。そのまま真《ま》っ直《す》ぐ外には向かわないで、少し寄り道する。家の壁に沿って回り込み、庭の方を覗《のぞ》く。家の猫は、祖父母の庵《いおり》へ繫《つな》がる短い通りで見かけることが多い。サビ柄と、白黒のブチがそれぞれ一匹ずつ。今日もそこに座り込んでいた。家に来て間もない猫たちだけどもう慣れたもののようで、私が近寄っても逃げることはない。機嫌がいいときは触っても大人しいけれど、今日はどうだろう。

屈《かが》んで、白黒の猫に触れる。顔を上げた猫はいやいやをするようにして、そそくさと離れていってしまう。サビ柄の猫と合流するようにして、日陰に隠れてしまう。

「残念」

見送って、水泳教室へ向かうことにした。水泳教室は週に一回、水曜日に参加している。狙ったわけではないけれど、水の日に水泳と覚えやすい。門をくぐり、外へ出た。

住宅地の間を歩く途中でも蟬《せみ》の鳴き声は止《や》まない。よく聞くと、右と左で鳴き方に差があった。住んでいる種類が違うのかもしれない、と左右の景色を見比べる。

変わりばえのしない、近所の風景が目の中でぐらついた。

夏の熱のせいか、耳鳴りが途切れない。

大通りに出て、二度ほど横断歩道を渡る。それからは真っ直ぐ歩いて十分ほどかかるだろうか。私が通っているのは町中にある小さなスイミングスクールだった。ビルのように細長く、二階に受付がある。そしてスクール用のプールは地下一階にある。一階になにがあるのかは謎で、どこから入るのかも分からないという少し不思議な建物だった。

隣には大きな有料駐車場が続いている。車の出入りに注意するようにと、何度か職員の人に言われた。スクールの前にはバスが二台並んでいる。車いすと人を抱えるように運んでいる様子を横目で眺めながら、入り口に向かう小さな階段を上ろうとする。

「あ、佐伯さん」

その途中、名前を呼ばれて振り返る。同じクラスに参加している女の子だった。家に帰らないで直接来たらしく、ランドセルを背負っていた。

通っている学校が違うので、さほど親しいわけではない。

まぁ、私は同じ教室の子ともあまり遊んだりはしないのだけど。

女の子は階段を一段飛ばしして、私の横に追いついてくる。

「こんにちは」

挨拶はするけれど正直、私はこの子のことが好きではない。

「佐伯さんって学校行ってないの?」

「え?」

よく分からない質問をされる。女の子を見ながら自動ドアを通過して、建物の中へ入る。受付に座っている職員さんに笑顔で挨拶されて、それに返して、カードを見せる。

女の子も一緒に差し出したカードを職員さんが受け取り、鍵を渡してくれた。更衣室のロッカーの鍵だ。振られた番号を見ると、女の子とは離れているようで密《ひそ》かに安堵《あんど》する。

屋内は冷房が利いていて、首回りがすぅっと冷える。受付の左側は一面ガラス張りになっていて、地下一階のプールを見下ろすことができる。時々、見学者がここから覗《のぞ》いているのを見る。照明のやや頼りないプールの水面は、穏やかに光の波紋を描いていた。

更衣室まで歩く途中に聞いてみる。

「さっきの、なんの話?」

「肌、真っ白だもの」

そういう女の子は七月も始まってさほど経《た》っていないのに、肌が褐色になっている。なるほど、それに比べたら私はまだ日に焼けていないかもしれない。

「外出てないかと思ったよ」

肌に応じるように真っ黒い、首にかかる長さの髪が揺れる。プールに入る前なのに、濡《ぬ》れたようにしっとりとした質感だ。眺めながら、簡素に答える。

「そんなわけないじゃない」

特に面白くない受け答えになる。面白くする必要もないのだけど。

「だよねぇ。佐伯さん、マジメだし」

意見がころころと、表情と同じように変わる。背は私より少し低く、額から髪の生え際までしっかり焼けている。髪がもっと短かったら細い男子に見間違えるかもしれない。

「スクールで一番熱心なのは佐伯さんだよね」

女の子が半ば一方的に話しかけてくるのに辟易《へきえき》する。こんな風に、格別仲がいいわけでもないのに親しげに振る舞ってくる相手は苦手だった。それと理由はもう一つある。

「そうかもね。で、一番不真面目なのはそっち」

「うんうん」

女の子は事実を指摘されても、それが悪いことであってもまったく意に介していない。図々《ずうずう》しさでは敵《かな》わないようだった。

自販機の前を通って、更衣室に入る。中は上下二段のロッカーが壁際に敷き詰められている。洗面所の鏡と蛇口はそれぞれ三つ並び、今は職員の人が布巾で掃除していた。

渡された鍵と番号の一致するロッカーを開けて、鞄《かばん》を置く。視界の端で、一緒に来た女の子も同じようにランドセルを押し込んでいた。こっちを向いてきて、目が合う。

「なに？」

「なんでもない」

本当に用なんてないし、興味もない。

服を脱いで、スクール指定の水着に着替える。今度はこっちが視線を感じたので一瞥《いちべつ》すると、女の子はロッカーに手を突っ込んだまま、私の方をまだ見ていた。

「なに？」

今度はこちらが聞く。じろじろ見られて愉快なものではない。

「べっつに」

女の子はすぐに顔を逸《そ》らして、水着や帽子を取り出し始める。なんなんだろう。仲良くしているつもりはないのに、見かけると話しかけてくる。

一足先にプールへと向かう。入ってきた扉とは別に、奥へ通じる扉を開ける。非常口を示す淡い緑色の照明の下を通って、階段を降りる。一段降りる度に湿度が増していく。鼻が塩素の匂いに包まれる頃、丁度プールが目の前に広がるようになっていた。

入口の消毒液に足が浸ると、冷たさにぞわぞわ背中が震えた。

プールサイドには一緒に指導を受ける子が数人、既に準備体操を始めていた。その子たちと、指導する職員の人に挨拶する。私から見ればとても、父より背の高い職員の人は浅黒い肌とオレンジのシャツが陽気なイメージを浮かばせる。実際、明朗に喋《しゃべ》るので聞き取りやすい。

シャワーを浴びて帽子をかぶってから、他の子のように体操を行う。まだ誰も入っていないプールは水面を歩いていけそうと錯覚するほど穏やかで、薄暗さに満ちる。

プールは六コースに分けられて、縦25メートル。

私が何人並べば縦にプールを埋められるか計算したこともある。

屈伸ついでに足を伸ばしていると、女の子が遅れてやってきた。女の子も同様に他の子に挨拶しながら、なぜか私の方にやってくる。同じ水着の女の子は、しかし手足の焼け具合でその印象を大きく変えてくる。わざわざ焼いているのではと思うほど、女の子の肌は焼き上がりにムラがない。水着の端に、真っ白い地肌が僅かに滲《にじ》んでいるくらいだった。

「室内プールはいいよね、肌焼けないから」

「……あなたはもう関係なさそうだけど」

「いやぁまったく」

そうだねはははと笑いながら、女の子がシャワーを浴びに向かった。一々、私に話しかけてこなくていいと思うのだけど、もしかすると友達にでも思われていないだろうか。

シャワーを浴びた女の子は特に体操もしないで、プールサイドで水面を覗《のぞ》き込《こ》んでいた。

そういう子なのだ。

参加者が全員揃《そろ》ったので、職員の人が奥から出てくる。平日なので、私を含めて六人ほどしかいない。当たり前ではあるけど土日の方が参加者はずっと多いらしい。

並んだ子たちを横目で観察してから、自分の腕を摘む。

確かに私が、一番白いみたいだった。昼休みに外で遊んでいないからだろうか。

指導は所属するクラスによって分けられて、私が今いるのは中級だった。段階に分けて指導を受けて、合格していけば次に進むという方式だ。上級は概《おおむ》ね、中学生になってから所属するクラスらしい。だから仕方ないとはいえ、中級という言葉はあまり響きが好きになれない。

やるからには、上にいたい。

年齢だけはどうあっても早くもならない。追いつくことも、待つこともできない。

家で暮らす猫と、祖父母の姿を思い浮かべた。

生徒を集めて職員の人が話している間、遠くで水の跳ねる音がする。一瞥《いちべつ》すると、やはり例の女の子だった。あの女の子は指導に従うようなことはなく、好きに泳ぐし好きに歩く。最初は大人も注意していたけれど、今は諦めて放っておかれていた。コースは余っているので、他の子の指導にはなんの問題もないのだ。とはいえ、問題がないわけでもない。

女の子はそうやって、常に不真面目だった。水泳技術の上達を求めるわけでもなく、好き放題に遊んでいる。一体、なにをしに通っているのか分からない。だから、好きになれない。というより、気に入らない。真面目に練習している横で遊ばれては邪魔でしかない。

あれで周りのことなど気にしないように明るいのだから、本当になにも考えていそうになかった。そういうのも気楽そうではあるけれど、きっと私は我慢できないだろう。

水泳教室は大体、一時間ほど行われる。最初は水中を軽く歩いて準備運動して、それから泳ぎ方の指導に移る。職員の人がどういった経歴を持っているかは分からないけれど、教え方は上手《うま》いと思う。指導された後、その通りに実践してみると水の抵抗が少なくなるように感じる。ムダな動きがなくなるのだろう。他の子の泳ぎ方を見ても、動きが洗練されるように見える。上達の具合は、身体《からだ》全身を使うためか他の習い事より分かりやすかった。

そうした指導が四十分ほど続く。それが終わって、最後はそれぞれがコースに入って、25メートルを泳ぎ切ってタイムを計る。泳ぎ方はその時に職員の人に指定されて、今日は平泳ぎだった。大抵、習った泳ぎになる。

六コースで六人なので、丁度一斉に泳ぐことができる。指導を受けないで遊んでいた女の子もこれだけは参加する。意図したわけではないけれど、隣同士のコースになる。

ここまで指導を続けて受けていると、水の中にいても耳が熱い。女の子の方は疲労の色もなく、私に無邪気に白い歯を見せてくる。そもそも、この女の子に泳いで確かめるようなことはあるのか。ここまで遊んでいただけなのに。

笑顔は友好の証《あかし》かもしれない。でも、私としては負けたくないって気持ちが強まる。

正直、運動は得意というほどではないと思う。でも、せっかく真面目にやっているのだから、それに応じた結果が欲しい。なにもしてない相手より遅かったら、大変、悲しい。

そういうわけで、本気でがんばろうと思う。

職員の人がストップウォッチと笛を用意して、開始の合図をする。

溜《た》めがなく結構適当に吹くので、素早く反応するのは大変だった。水に潜り、耳に濁るような音を纏《まと》わせながら、プールの壁を蹴る。凹凸をなくすように、身体《からだ》を真《ま》っ直《す》ぐ伸ばして、突き進むイメージを持って、前へ。

青色一色の水中。床にはジムの名前があって、その部分だけ白く浮いている。それに見送られながら蹴った反動をムダにしないよう限界まで進んで、そこから平泳ぎを始めようとする。

そうして顔を上げた瞬間、横から飛び出す影があった。

魚影にでも遭遇するような勢いだった。

隣のコースで、女の子があっという間に距離を開いていく。一瞬驚くけど、泳ぎ方を見て呆《あき》れて、泡を吐く。女の子はクロールで水を掻《か》き分《わ》けていたのだ。速いけど、なにそれ、としか思えない。

素早く上下した足から流れる泡が軌跡を作る。私たちはそれを追うように、水を左右に掻き分ける。負けるもなにも、これは勝負ですらない。徹頭徹尾、不真面目を貫いていた。

好き勝手している女の子に遅れて、でもなんとか他の子よりは早く泳ぎ切る。水面に上がると、女の子は満足そうに、仰《の》け反《ぞ》るように上を向いていた。

はーっと、大きく息を吐いて。

今いる六人の中で一番、晴れ晴れとした表情を浮かべているだろう。

そりゃあ、勉強じゃなくて好きにやっているだけだから楽しいはずだ。

でもそんなの、後になにも続かない。

速かったけど、続かない。多分、そう思わないと、自分に疑問を抱きそうだった。

最後は水中を少し歩いて、ストレッチして終了となる。めいっぱい泳いでから陸上に出ると、手足の重さに驚く。肩に見えない手がくっついて、後ろへ引っ張ってくるようだった。

魚が陸に出てこない理由も、少し分かる。水の中というのは楽なものだ。

だからかな、と振り向く。あの女の子は時間が終わってもまだ一人、プールに浮かんでいた。

バタ足も忘れたように、仄明《ほのあか》るい照明と向き合っていた。

なにを考えているのか。性格がまるで違うから、まったく想像できない。

「今日は佐伯が一番早かったな」

指導している職員の人がそう言ってくれて、無言ながら満足しかける。でも、引っかかった。

「今日は？」

わざわざそんな風に言う意味はあるのだろうか。

「この間も一番でしたけど」

「あーうん、そうだな」

職員の人はなんでか、若干困ったようにプールを一瞥《いちべつ》した。

余波で静かに揺れる水面の変化に、私が見つけられるようなものは一つしか漂っていない。

……そりゃあ、平泳ぎではクロールに勝てるわけもないし。

気にはなったけど、まぁいいやと思った。

少なくとも今日は一番なのだから。

それが聞きたくて、背伸びをするように前へ前へと進んでいく。

やるからにはどの習い事でも前に立つ。そのつもりで臨んでいる。

誰かに前を歩かれるなんて、ほとんど経験したことがなかった。


夏の始まりに差しかかって、暑くて、というのもあるけれど基本、学校での昼休みは教室で大人しくしている。放課後が習い事で潰れることもあって、空いている時間を勉強のために使いたかった。友達も今では私を誘うことはなくなった。そこに侘《わび》しさはない。

友達と遊ぶのは楽しいけれど、自分を高めることも同じくらい楽しい。

そして同じくらいなら、どちらを優先するかは明白だった。

今日はノートに繰り返し、同じ漢字をつづる。

『佐伯沙弥香』

私の名前だ。どれも小学校の授業ではまだ習っていない漢字だった。だから自分で書き取って練習する必要がある。ひらがなばかりが続くと子供じみていて、子供なのだけど、他の子に出遅れているように感じてしまう。書き順を調べれば、難しい漢字ではなかった。

ただ記号をなぞっているようなもので、まだ自分の名前としてはっきりは身についていない。馴染《なじ》むまで練習していると、最初に書きやすさを覚えたのは伯だった。香という字が一番、上下のバランスが難しい。意識しないと大きくなってしまう。習字教室に次に行く時は、筆でも名前を書く練習をしてみようと決めていた。

この名前にはどんな意味があるんだろう。形を知り、次は意味を知りたくて調べる。一つ覚えたことが、次の知識への呼び水となる。毎日はその繰り返しになる。学べることはいくらでもあった。

今日の放課後はピアノ教室だ。個人レッスンを自宅で行っている先生に指導を受けているので、水泳と違って競う相手はいない。習っているお陰で学校の音楽の授業で楽譜が読めるので、ピアノが実生活では一番助けになっているかもしれない。生け花は学校で過ごす中では正直、役に立っているとは言いがたかった。でもいつか、どこかで役に立つかもしれない。

中学生になって、高校生になって、大人になったときに。

その時々で後悔しないために、私はたくさんの準備をしている。

練習を終えてノートを閉じると、合わせたように蟬《せみ》の鳴き声が聞こえてくる。木々が庭に生《は》え揃《そろ》っている家よりも、音はずっと遠い。耳を澄ませると、グラウンドで遊んでいる子たちの声の方が大きいと分かる。教室だってうるさいし、静かなのは私くらいだ。

勉強するから立派になれるわけではないと思う。

でも、他の子より一歩、先んじることはできただろうか。

喧噪《けんそう》の中で、私は自分の名前を呟《つぶや》く。

頭の中に浮かぶ名前は、まだひらがなだった。


その日は少し遅れたので、途中から少し走ることになった。

夏の日が雨のように肌を伝い、後を追うように汗が流れていく。

息を弾ませて走ると、地面の固さをいつもより意識した。

玄関で靴を履いていたら、家の猫が珍しく、私の足に頭突きしてきた。逃げないのでつい相手をしていたらすっかり時間が経《た》ってしまっていた。かわいかったし、いいかなと走り出すまでは満足していた。汗が噴き出してきた頃に、満足は半分ほど失われた。

背中に浮かぶ汗を不快に感じながら、水泳教室のあるビルに到着する。階段を上がると、思わず足を止める。ビルの入り口に、あの女の子がいた。右側に二つ置かれた傘立てにある傘を引っこ抜いたり戻したりしていた。今日もランドセルが背中にある。

「あ、佐伯さん」

緑色の傘を引き抜いたまま、顔を上げる。振り向いて、天気を確かめて、首を傾《かし》げる。

「なにしてるの？」

「晴れてるのにいっぱいあるなーと思って」

「……そうね」

それは確かに、と思った。十本近くが差してある。色合いもカラフルに富み、子供が忘れていったのか置き傘のようなものなのか。女の子は傘を戻して、私の前にやってくる。

「今日は随分汗かいてるね。遅れそうだったから走ってきたの？」

私の額を見つめながら、女の子が察してくる。

「そうだけど」

「へぇー。うーん」

顔を近づけてきたかと思ったら、すぐに引いて私を観察するようにしてくる。

なに、と不快混じりに見つめ返すと、女の子が言った。

「佐伯さんが走る姿は、見たことないから想像できないなぁって」

「そう？」

「佐伯さん、お嬢様って感じだし」

その感じは恐らく間違っていないけれど、人に言われるとどうにも、ムッとなる。なぜだろう。自分が積み重ねてきたもの以外、生まれや環境を評価されても嬉《うれ》しくないから引っかかるのだろうか。

女の子はごく自然に、隣に並んでくる。目を細めて、睨《にら》むように見据えた。

「なにか用?」

「ないよ。一緒に行こうと思っただけ」

すぐそこまで、と指差しながら自動扉をくぐる。冷気が顔を叩《たた》くように押し寄せてきた。

受付でいつものようにカードと鍵を交換する。女の子が番号を見比べて、笑った。

「ロッカー隣同士だね」

ええ、と返事の代わりについ目を逸《そ》らす。窓の向こうに見下ろせるプールが、いつもより遠くに見えた。

「あれ嫌そう」

女の子が指摘してくる。「べつに」と素っ気なく答えると、「うーん」と女の子が悩む素振りを見せる。そのまま一緒に歩いていって、更衣室のロッカーの前まで来たところで女の子が明朗な表情に戻る。

「前から、もしかしてそうかなーと感じてたんだけど」

「なに?」

「佐伯さんって私のこと嫌い?」

また面と向かって、聞きづらいことを簡単に尋ねてくるものだった。

そういうのは、こう、雰囲気で感じ取って遠慮するものだと思うのだけど。

取りあえず、もしかしては不要だ。

「正直に言った方がいい？」

女の子が苦笑する。

「それもう言ってるようなものじゃん」

「そうね」

そのつもりで聞いたのだから、当たり前だ。

「しょっくだ」

女の子がロッカーに額をくっつけて、分かりやすく落ち込む。でも普段からふざけてばかりなので、本気とは思ってもらえない。そういうことを本人は分かっているのだろうか。

私は構わないでロッカーを開けて、鞄《かばん》から水着と水泳帽、ゴーグルを取り出す。

「どういうとこが嫌い？」

女の子は着替えもしないで聞いてくる。目つきは硬く、鋭く、いつもよりは真面目そうな問いかけに思えた。だから私も話を続ける気になる。

「聞いてどうするの？」

「直せるなら直そうかなーって」

へらっとする。そういうところだ。

「不真面目なところ」

「ああ、そこかぁ」

女の子が笑うのを引っ込める。

「だって、邪魔でしょう？　周りがちゃんとやろうとしているのに、遊んでいたら」

この際だからとずけずけ言っておく。女の子は最初、その剣幕に怯《ひる》んだように肩をびくつかせたけど、すぐに慣れたのか表情が和らぐ。目を泳がせて、変哲ないように言う。

「そういうものかな」

「そういうもの」

「ふぅん……私、周りってあんまり気にしないからね」

気にしないのならなぜ、私に嫌われているかどうかなんて気にするのだろう。

「よし」と一言呟《つぶや》いて、女の子がロッカーを開いた。

なんのよしか分からないけど、よし、と私も着替えてさっさと先に出ていった。

更衣室を出る前に振り返ると、女の子は口を噤《つぐ》んで黙々と服を脱いでいた。

プールに向かって、いつものようにシャワーの後に体操する。淡々とこなしながらも時々、更衣室からの入り口の方に目をやる。少しだけ、女の子のことが気にかかっていた。

その女の子がやってくる。女の子はシャワーを浴びた後、珍しく体操を始めた。いつもとは違う行動に、私を含めて周りがざわつく。女の子は慣れたように足を伸ばす。

それから、職員の人の整列の声に、六人が揃《そろ》う。……六人？　五人の視線が右側に注がれる。

女の子もいつもと違って、ちゃんと指示に従っていた。みんな、あれ？　って顔になっている。職員の人もなっている。変わらないのは女の子で、訝《いぶか》しんでいるのは私だ。

女の子はそのまま、みんなと同じように指導を受ける。文句も言わず、雰囲気も乱さず、自己主張を控えて、私みたいに。気まぐれかと思いきや、いつまでも離れていかない。

そんな女の子の心変わりに、心当たりがあるのは私だけだ。

更衣室でのやり取りが糸のように、ここまで繋《つな》がって見える。

不真面目が嫌いだって、私に言われたから？

……なんで？　と思った。その極端な変わり具合に戸惑う。

今まで本当に、私を友達と思って接していたのだろうか。

水中に潜りながらも、女の子のことが泡のように頭に浮かぶ。

水面に出て振り返っても、女の子は当たり前のようにそこにいた。女の子は目が合っても口を開かず、素知らぬ顔で身体《からだ》を動かしている。そういうのができるなら、最初からやっていればよかったのだ。なにを考えているのか、といつもと違って私の方が女の子に目をやってしまうのだった。

いつもの、最後の競争にも女の子は気負わず参加する。

今日は多分、同じ泳ぎ方で競争してくるだろうという確信があった。

だったら尚更《なおさら》、一日だけ真面目にやり始めたような相手に負けるわけにはいかない。

表には出さないよう努めながら、女の子に競争意識を募らせる。

その一方で、不安も大きかった。

笛の音に従い、私と女の子が一斉に壁を蹴っては沈んでいく。今日の課題はクロールだった。

前回のイメージと重なる始まりは、まるで未来予知であったように、同じ図を描く。

今度は同じ泳ぎ方で、同じように前進して、少しずつ差をつけられていく。埋めるために焦って足をばたつかせると、余計に女の子との距離が広がっていった。あがいても、水をかき回して肩を押し出すようにしても追いつける気配はなく、最後はその足の裏を見送るようになってしまった。

なにが違うんだろうと、自分の泳ぎ方に疑問を抱きながら25メートルを泳ぎきる。

大きく泡を吐きながら浮上すると、先に水面に上がっていた女の子が、私を出迎えるように見つめていた。

「これからはマジメにやってみるよ」

水滴で顔を割りながら、女の子が私を見る。

私も、顔を拭うことなく見つめ返す。頬の奥が、仄《ほの》かな熱を帯びていた。それは、恥にも似た感情由来のものだった。真面目にやったら負けるわけがないと思っていたのに、この結果は。

「そうしたら、そのさ。友達になってくれるかな?」

女の子は珍しく、段々と弱気を見せるように声が小さくなっていった。

なんでそんなに、私と友達になりたいんだろう。

一週間に一回しか会わないし、一時間だし、共通の話題もなさそうなのに。

……確かに、不真面目でないのなら、嫌いになるところもないように思う。

でも出所不明の抵抗は、川底の淀《よど》みのように残るのだった。

「うん」

本当は認められないものもありながら、複雑に、重々しく受け入れる。

それを受け取った、一週間に一度の友達は、安堵《あんど》するように笑う。

人のいない水面のような、柔らかい微笑《ほほえ》みだった。

習い事の予定がないのは日曜日だけだった。それも今は習うことがないというだけで、将来的には増えてもおかしくない。宿題を済ませてから、鳴き声を廊下に聞いて部屋を出る。

サビ柄の猫が廊下をのんびり歩いていた。尻尾の揺れ具合についつい引き寄せられて、近づこうとしたら過敏に反応した猫が急に振り向いた。私は両手の指をわきわき動かしながら、「こんにちは」と挨拶する。猫はしばらく見上げていたけど、ぷいっと前に向き直る。

そして走り出したので、つい追ってみる。家の廊下を走るなんて怒られそうだけど、宿題が終わってからの解放感で少し浮かれていたのかもしれない。猫は廊下から逸《そ》れて、隙間から庭の方へと抜けていくつもりのようだった。家には大した空間もないはずなのに、猫はたくさんの抜け道を知っていた。

後を追い、靴を履いて外に出ると、すぐに猫が見つかった。

「あれ?」

見つけたと思ったら、ブチ猫の方だった。サビ猫といつの間に入れ替わったのか、こちらも軽快に庭を走っている。こっちでもいいや、と動いたものを追いかけていると、私まで猫になったような気分だった。

そうして木々の間を抜けると、祖母と鉢合わせた。祖母は一人で庭を眺めていた。猫に気づいて屈《かが》み、ブチ猫を招くように腕を開く。ブチ猫はそれに応じるように、腕の中へと軽やかに収まる。猫を抱き上げた祖母が立ち上がり、私を見た。

祖母は、私から見て背の高い人だった。背筋が常に真《ま》っ直《す》ぐ伸びているからかもしれない。目つきはやや鋭く、隙を人に見せまいと気を張っているみたいだった。

「大分懐いたみたいね」

「逃げられたけど」

「あんたが猫に懐いたのよ」

祖母の声は歳《とし》と裏腹に張りがあり、聞き取りやすい。

そういう見方もあるかもしれない。家にやってくるまでは、猫にそこまで関心を抱いてはいなかった。間近で見て、接して、生まれる気持ちもある。猫に手を伸ばすと、そっぽを向かれてしまう。この間は一緒に遊んだのに、猫の気持ちは移ろいやすい。

「習い事は？」

「今日はないよ」

珍しいね、と祖母が言う。猫が腕の奥から、私を見つめていた。

その猫を見つめ返して、しばらくこの場に留まる。

お世辞にも、日陰でも涼しいとは言えない。

蟬《せみ》の声が雨粒みたいに、木々の間を滑り落ちてくる。非常にうるさいけれど、祖母はまだ耳が遠くないのに、まるで気に留《と》める素振りもない。祖母の瞳に、枝葉の緑黄が宿る。

「友達とは遊びに行かないの？」

「宿題やってたから」

「いい子すぎる」

祖母が少しだけ口もとを緩める。横顔に、皺《しわ》がやや増える。

「自慢の子と紹介するだけあるよ」

「誰が？」

「お父さんとお母さん」

お父さんで猫の右足を上げて、お母さんで左足を持ち上げる。

猫はわちゃわちゃ前足を動かされて、不満そうに鳴く。

「聞いたことないけど」

「直接言うと照れくさいんじゃない」

祖母はあまり興味なさそうに言う。そんなこと、と思いながらも聞く方の立場になって考える。それから、誰かに言ってみる時も考える。

クラスの子に、最高の友達だ、なんて言ったらきっと顔が真っ赤になる。

言った私も、言われた方も。

なるほど。

「そうかも」

「……理解の早い子だ」

祖母がなにかぼそりと言うけれど、滝のような蟬《せみ》の声にかき消されて届かない。

「でも理解が早いということは、臆病になるということでもある」

またなにか言っている。それが誰に向けての発言なのかも判然としない。

平日は、猫と同じように私も祖父母に面倒を見て貰《もら》うことが多い。祖父は柔らかく、祖母は鋭い。子供心にそんなイメージを抱いていた。ただ祖母の鋭さは、周りに向いていない。

自分を真《ま》っ直《す》ぐ保つために必然、細く、鋭角になっていくような……そんな印象がある。

そこに私は、大人の形を見ていた。

「友達と遊ばないのかい？」

「それ、さっきも聞いたわ」

「行かなくても連れてくるとかね……なに、あんたは友達をほとんど連れてこないからね。ちょっと思うところもあるのよ」

ねぇ、と祖母が猫に話しかける。猫は興味ないのか、木々の隙間を睨《にら》んでいる。時々羽の動く蝉を目で追いかけているのかもしれない。この猫にも、友達はいるのだろうか。

私は、いないわけじゃない。

祖母の心配は、友達と遊ばないと子供らしくないとか、そういうなんとなくだろうか。

子供らしくなかったら、早く大人になれるのなら。それもいいかもしれない。

「放課後は習い事で忙しいもの」

なにも校内にこだわらなくても、習い事で向かう先にも友達はいるし。

一番最近にできた友達が、ぱぁっと、心のプールから浮かび上がる。

ムッとした。

「私が勧めたのもあるけどね……習い事ってそんなに楽しい？」

祖母が不思議なものを見るように尋ねてくる。私は少し考えて、「うん」肯定する。

「色んなことができるようになると、分かりやすく、成長したって思えるから」

「ふぅん。ふんふん」

祖母は一度、淡々と息を吐いて。それから、小さく頷《うなず》く。

「まぁ、とにかくエライ」

雑に褒められた。

「私は長続きする方じゃなかったし」

「えっ」

「おぉいたいた」

祖父が私たちを見つけてやってくる。その腕には祖母と同じように猫を抱いていた。

「やんちゃなやつらだ。追いかけただけで一年分は走ったような気になる」

正確には猫を見つけて近寄ってきたようだった。猫をずっと追いかけていたのか、息が上がっている。抱かれているサビ猫は涼しい表情で、私を見ると、にぃっと顔つきを変えた。

「なにしてるのさ」

「見かけて、ついな」

祖母に冷ややかに言われて、祖父が笑う。猫の面倒を見ているのは実質、この二人だ。お手伝いさんは家と人の世話はするけれど、猫は業務外ですと言っていた。たまにご飯の用意をしているのを見かけるけれど。きっと、業務外なんだろう。

祖父が、自分がかぶっていた白い帽子を私の頭に載せる。

「外に出るときは帽子を被《かぶ》った方がいい」

帽子を軽く押さえながら、祖父を見上げた。祖父と猫が私を丸い目で見下ろす。

「ちょっとでもだ。家の敷地《しきち》でも、道路でも、外の日差しに変わりはない」

「……はい」

私の言葉遣い、返事はぶれる。その時々で崩れて、丁寧になって。

相手に年長を感じると、畏《かしこ》まってしまうのかもしれない。

「それで、なに話してたんだ？」

交ぜてとばかりに祖父が聞いてくる。私は祖母と顔を見合わせて、少し笑う。

「うちの孫はエライって話」

「なんだ、いつもと同じか」

祖父が穏やかに息を吐く。猫は下半身を左右に揺らしながら、暑さを嘆くように顔をしかめていた。

行き交う言葉はどれも率直で、当人としてはくすぐったいことこの上なく。

俯《うつむ》いて、ちょっとだけ誇らしく感じるしかなかった。

月曜日、生け花。火曜日、習字。そして水曜日、水泳。

その日、ビルに入ると正面の窓硝子《まどがらす》に女の子がぺったりくっついてプールを覗《のぞ》いていた。後頭部の真っ黒い髪がゆらゆらと、海草みたいに揺れている。無視しようかと思っていたら、すぐに反応して振り向いてきた。

「あ、友達の佐伯さん！」

「それ必要？」

受付のお姉さんが笑っているのが端に見えた。やや気恥ずかしい。

「大きな声で呼ばないで」

「小さい声だと聞こえないかもしれないよ？」

聞きたいわけじゃない。女の子が嬉《うれ》しそうに寄ってくる。へらへらといい加減に笑っていた。

「いやぁ、嬉しかったからつい」

「他に友達いないの？」

「え、学校にはいるよ。でも佐伯さんと友達になれたのが、ほら、嬉しくて」

「……ふぅん」

数日前の祖母とのやり取りを思い出す。確かに、直接言われると恥ずかしいし、どんな風に反応すればいいのか困る。大人と違って、女の子はまるで気遣いをしない。

自販機の前を通り越してから、女の子がそちらを振り返る。

釣られて振り向くと、機械の唸《うな》る音と押し出されるような眩《まばゆ》い光がある。いつもの風景だ。

「まぁ後でいいや。それより、佐伯さんは友達たくさんいそうだね」

「どうしてそう思うの？」

「かわいいし」

臆面もなく言ってきて、思わず目を逸《そ》らしそうになる。

肺に溜《た》まっていたものが頭へ流れ込むような感覚があった。

なんてことないように流すために、ゆっくり、その空気を吐いていく。

「私、友達付き合い悪いわよ」

一口に友達と言っても、みんな同じくらいの価値を感じるわけじゃない。

とても仲のいい友達もいれば、それなりで終わる友達もいる。

私の友達はきっと、それなりばかりだろう。

女の子は「そうなの？」と呟《つぶや》いてから、なにか思いついたように、にかっとする。

「悪いところは直した方がいいよ」

「悪くても私にはいいから」

私は、友達が教えてくれないことを本や大人から学んでいるに過ぎない。

そちらに、より価値を感じているだけなのだ。

両立させるには時間が足りない。

「んー？」と女の子が分からないとばかりに大きく頭を傾ける。

「佐伯さんの話は難しい」

「そうね」

私は難しい話のできる人になりたいのだから、それで正しい。

「佐伯さんさぁ、テストの点数いいよね？」

話題がすぐに変わる。いや、私の話なのは一緒なのか。女の子は私のことが知りたいみたいだけど、どうしてだろう。友達だから？　その順番はどこかに誤りがあるように思えた。

「そこそこじゃない？」

どこから上だと、良いに該当するか分からないので曖昧な返事になる。更衣室の扉を開いて中に入りながらも、女の子の口は閉じない。更衣室内の照明に目が眩《くら》んだように、細める。

「頭いい人って憧れる。私、めちゃくちゃ悪いから」

なんとも、なにか言いづらい自己紹介だった。

ロッカーを開ける。女の子は四つ隣の、中途半端な距離のロッカーだ。

……なにか言った方がいいのかな？

迷いながら水着を用意して、まぁいちおう、と口を開く。

「がんばれば、テストの点くらいなんとかなるから」

そうかなぁ、と女の子が顔をしかめる。そして、はっと顔を上げた。

「こっちも真面目になった方がいいかな？」

「そうね」

いっぱしに、女の子の未来を案じて肯定した。

ぺらぺらと口ばかりが回る女の子を置いて着替え終える。女の子は手を止めて、私をじっと見ていた。目が合うと慌てたようにロッカーに向き直る。前もこんなことがあった気がする。

……なんなのだろう。

視線に不可解なものを感じながらプールに向かう。

「あ、待ってよ」

「どうせすぐそこじゃない」

「まー、そうなんだけど」

女の子はシャツと背中が汗でくっついて苦戦しているようだ。待つ理由もないので先に行く。

「待ってー、友達の佐伯さーん」

待つ気はゼロになった。

プールに出ると肌を纏《まと》う湿度が一気に上がる。空調は利いていても、プールサイドには蒸し暑さが募る。プールの側を歩きながら、頭上の大きな窓硝子《まどがらす》を見上げた。

女の子がさっきまで張りついていた位置に目をやる。

あそこからなにを見ていたんだろう。無人のプールには、豊かな波紋だけが泳いでいた。

シャワーを浴びていると女の子もすぐにやってきて、飛び跳ねるように右へ左へと移動しながら用意を進める。私が言うのもなんだけど子供っぽいというか、変なところで元気だ。機嫌がいいのだろうか。

帽子をかぶりながら眺めていると職員の人が私に近寄ってきて、やや小声で話しかけてくる。

「佐伯がなにか言ったのか？」

あの女の子を一瞥《いちべつ》しながら、職員の人が、興味本位といった様子で確認してきた。

真面目に指導を受け出したことについての話だろう。

「いえ、別に……」

適度に嘘《うそ》をつく。自分でも、大したことは言っていないつもりなのだ。

「先生が注意したのかと思いました」

心にもないことを言う。でも本来、そっちが正しいはずだ。

職員の人は「いやなんにも」と素直に答えてくる。ちょっと、呆《あき》れる。

「それでいいんですか？」

「うぅん……なんというか、中級で教えることがないからな」

「え」

「綺麗《きれい》な泳ぎ方をするからなぁ」

職員の人が参ったように頭を掻《か》く。それから私を一瞥して、「ああ」と笑みを浮かべる。

「勿論《もちろん》、素直に指導を受けてくれるやつの方が可愛《かわい》げあっていいけどな」

「はぁ……」

子供相手にも取り繕ってくれるこの人は、いい大人なのだろうと思う。綺麗な泳ぎ方。他の習い事では何度か聞いたような美辞麗句だけど、水泳では一度も得たことがない。それは私の水泳への向き不向きということの前に、ずっと上に位置するものが側にあったからなんだろう。

その日の水泳指導の最中に、私は女の子を目で追ってみた。女の子が泳ぎ出せば沈んで、ゴーグル越しにその姿を見届ける。少し怪しい動きになっていたかもしれない。隣を泳ぐ時や、すれ違うときにも観察してみる。女の子は一定の泡と共に私の前から消えていく。

そんな風にずっと眺めていても、綺麗というのがどういうことか、はっきりとは分からない。ただ女の子の手足の動きは軽い。水を掻《か》き分《わ》けることに苦を感じていないように、気づけば肩が回って前へと進んでいる。その淀《よど》みのなさが、綺麗というものの答えかもしれない。

あの子を見ていると目が合うことが多い。それはつまり、向こうも私を見ているということだった。女の子は私と視線がぶつかると笑顔で手を振ってくるので、非常に困った。

「…………………」

水面に肩まで浸《つ》かりながら、左腕を抱くように寄せる。

差を、大きな差が開いているのを感じる。

私がどれほど熱心に打ち込めば、この才能を追い越すことが出来るのか。

他にも習い事はたくさんあって、費やせる時間は限られている。本当に越せるかも不透明だし、仮に追い抜いても、その先にまた誰かの背中があるかもしれない。

それを永遠に繰り返すというのなら。

先頭にはひょっとすると、安心はないのかもしれなかった。


「佐伯さん、ジュース飲みたくない？」

更衣室から出た途端、慌てたように追ってきた女の子が横に並んでくる。

「ちょっと、服」

シャツの端がめくれ上がって、右の脇が見えていた。そんなに急がなくてもいいのに。仕方なく、私が引っ張って直す。女の子はまだ濡《ぬ》れている髪を首から払う。

「どうどう？」

くるくると前へ回り込んで、通路の自販機を手で示す。

「ジュース？」

「どれがいいの？」

こちらの疑問を無視して話が一つ先に飛ぶ。

「いらないけど……そもそも、お金を持ってきてないもの」

私のその発言を待っていたように、女の子が得意げに胸を張る。

任せてよとばかりに、自販機を軽く叩《たた》く。

「私が奢《おご》ったげる」

どう、となぜか自慢げで、目の輝きは自販機の明かりに負けていない。

私はそれを受けて、女の子がランドセルを背負っていることを含めて咎《とが》める。

「学校にはお金持っていっちゃいけないのよ」

「そうなの？」

初めて聞いたとばかりに目を丸くする。私はなんとなくそう思っていたしどこかで教えられたのだと思うけれど、違うのだろうか。「ま、いいじゃん」と気安く肩を叩いてくる。

その動きに合わせて前髪から水滴が飛んできて顔にかかり、なんとなくムッとした。

「いらない」

「なぜっ」

「奢ってもらうのは遠慮しとく」

この女の子に、いや誰かに限らず、誰かに借りを作りたくない。

それにそんなことをあれこれ許して許されてやっていたら、仲良しになってしまうかもしれない。

「あーえっとー、じゃあ私が買ったのをちょっとあげる」

女の子が服の袖を摘んで引き留めてくる。なにそれ、と仕方なく足を止める。

「ちょっと?」

「いっぱいでもいいからさ」

そこじゃない。

女の子を見る。縋《すが》るような、ねだるような……甘えるような顔つきだ。

家の猫も、これくらい近寄ってきてくれるといいのに。

祖母の声が再生される。……友達、ねぇ。

ふぅ、と息を吐いて自販機の隣、備え付けの長椅子に座る。

答えを態度で示すと、女の子は少し遅れて破顔する。

「炭酸飲める?」

「平気」

女の子がボタンを押す。覗《のぞ》いてみると、赤い紙パックの下を押していた。

「林檎《りんご》ジュースじゃない」

「うん」

「炭酸は?」

「聞いてみただけだよ」

女の子が私の隣に座る。ストローを差して、まず自分が少し飲んでからこちらに渡してくる。

「はいどうぞ」

「……ありがとう」

家族以外と、こういうことをするのは初めてだ。少しだけ抵抗がある。

手のひらに収まる赤い紙パックは冷たく、心地好い。縦に青い線の入ったストローを見つめて、女の子を一瞥《いちべつ》して、不思議そうな視線を受けてから口をつける。甘酸っぱさがすぐに口の中へとやってきた。プールから上がって喉が渇いていたのは確かで、そこに染みると必要以上に甘く、刺激的だった。とはいえあまり飲むのも、と控えめにしておく。

紙パックを返しながら、少し思うところがあって聞いてみる。

「あなたって、水泳歴長いの？」

「え？」

「泳ぐのが上手《うま》いみたいだから」

指導もいい加減に受けていたのに。女の子はジュースを受け取りながら答える。

「ここには一年くらい前から通ってるよ。水の中が好きなんだ」

へにゃ、と女の子の目と口が緩む。乾ききらない髪には艶が宿り、焼けた肌によく似合う。

「最近、ますます好きになった」

「ふぅん」

背もたれに寄りかかり、上を向きながら女の子が深く、息を吐く。

「飲む？」

ジュースを差し出してくるので受け取る。少し飲んで返す。

冷たいものが喉を通り、一息《ひといき》吐《つ》くと、なにやってるんだろうって少し冷静になる。

「佐伯さんの家ってここから近いの？」

「歩いて十五分くらい」

「けっこー近いね。家大きそう」

繋《つな》がりを感じない予想だけど、概《おおむ》ね合っている。なんでそう思ったのか、視線で尋ねる。

「なんか佐伯さんからはおじょうさまーって雰囲気出てる」

「……そうなの？」

どこからと聞きたくなる。でもそんなに間違ってないかも、と家の門を思い浮かべる。

友達の話を聞いている限りでは、お手伝いさんが通うというのは珍しいことだし。

「ファミレスとか行ったことある？」

「バカにしてるのあなた……」

表面上、怒ってはみる。でも実は、行ったことがなかった。だって、家族で行かないし。

勿論《もちろん》、見たことくらいはある。

「もうすぐ夏休みだけど、佐伯さんはなにかするの？」

女の子はジュースも飲まないで、表情をくるくる変えて喋《しゃべ》ってばかりだ。

「宿題と習い事」

「いつもと変わんなくない？」

「それより、ジュース飲まないの？」

女の子が手元の紙パックを見下ろす。それを口に持っていきかけて、思い直したように離す。

「いる？」

「あなたが飲みなさいよ」

自分で買ったものなのだから。なのに、女の子は困ったように目が泳ぐ。

「あーうん」

返事はなんとも曖昧で、具体的なものがない。女の子が紙パックを左右から指で弄《いじ》る。

「飲み終わったら……ほら、そうでしょ？」

「でしょって」

言われても。どこにどうかかるでしょなのか。女の子は不満げに、唇を尖《とが》らせる。

「飲んだら佐伯さん帰っちゃうだろうし」

「そりゃあ、帰るけど」

女の子がこちらに顔を寄せてくる。塩素の匂いが真っ先に鼻に届いた。

「佐伯さんと色々お喋りしたかったの。ここでしか会えないし」

日に焼けた肌の奥で、赤い舌の動きがよく見える。

私と、喋る。学校でそんなことを誰かに真っ直《ます》ぐ求められたのはいつだったか。

「私は……」

「あー、佐伯さんと同じ学校がよかったな」

こちらが話しきる前に身体《からだ》を引っ込めてから、伸びをするようにして嘆く。同じ学校？　昼休みに、人が勉強している横にやってきて、延々と喋《しゃべ》りかけてくる様子が易々《やすやす》と想像できた。いなくてよかったと思う。女の子はこちらのそうした気持ちがまるで分かっていないように、目が合うとにかっと笑う。人懐っこく、どこか祖父に重なるところのある笑い方だった。

しかしそれよりも、どうしても聞かずにはいられないことができる。

「ねぇ、なんでそんなに私を気に入ってるの？」

この女の子とは、出会って日が浅い。そして話なんて今日が今までで一番したというくらい、お互いを知る機会もなかった。私が知っていたのはその不真面目な部分といやに親しげ、馴《な》れ馴《な》れしい部分だけで、正直嫌っていた。今は分からないけれど、二週間ほど前までは。

それなのに、この女の子は明らかに私に友好的だ。

見えていたものが真逆であるということに、興味が湧いた。

質問された女の子は、紙パックに浮かぶ水滴で濡《ぬ》れた自分の手のひらを見つめる。

「今もそうなんだけど」

「え？」

女の子が私を見る。本人が意識しているか定かでないけれど、やや苦しそうに、唇と顔をしかめて。

「佐伯さんを見ると、手のひらが熱くなるんだ。一目見たときからそうだった。それから、背中が熱くなる。汗もぽつぽつ浮かぶし、それがまるで収まらなくて。他の子や物を見てもそうはならないのに、佐伯さんだけそうなる。だから佐伯さんにはなにかあるんじゃないかって、ずっと思ってる」

女の子が溜《た》めていたものをすべてさらけ出すように、一気に明かす。

熱いという申告の通りに、女の子の頬は火照ったように微《かす》かな赤みを帯びた。

訴えかけるように前屈《まえかが》みで、距離が近くて。

私は、強い向かい風に身を晒《さら》されたように、肩を強《こわ》ばらせる。

女の子の身に起きたこと。

まだ直接の経験はなくても、心当たりはあった。

でもそれは、あり得ない組み合わせのはずだ。だって隣にいるのは女の子で、私も。

「えっと、あの、なんでかな？」

女の子が前へつんのめるような調子で答えを求めてくる。聞かないで、と本気で思った。

「さぁ。私のことじゃないから……分からないわ」

顔を逸《そ》らすようにしながらうそぶく。きっと自分のことでも分からないのに。

「そっか」と女の子が小さく笑う。

「佐伯さん、頭いいから分かるかなって思ったんだけど」

「無茶言わないで。私だって、知らないことの方がずっと多いのよ」

少なくともこんな近くに、自分の先を歩いている存在がいることさえ気づかなかった。それに加えて、こんなに赤裸々に胸の内を明かして……私は、段々、この子が怖くなってきていた。

「そっかー」と、女の子は上を向きながらもう一度呟《つぶや》いた。

お互い、残っているジュースにはまるで口をつけていない。

女の子は濡《ぬ》れた髪を耳から退けるように払った後。

「水の中が好きなんだー」

しみじみ言う。

「さっき聞いた」

へへへー、と女の子が笑う。

「だってプールなら、佐伯さんを見てもそんなに熱くならないから」

そう言って、眠るように目を瞑《つぶ》る。言いたいことを言い切って満足するように。

なんて勝手な、と憤りと戸惑いが半々くらいに湧く。

「…………………………」

この女の子は本気で言っているのか、本当になにも自覚していないのか。

どちらにしても、直視し続けるのは辛《つら》い。

隣から動けないまま、視線を逸《そ》らして俯《うつむ》く。

こっちまで、首筋が熱くなっていくような感覚があって。

怖がるように、背中に寒気も走って身体《からだ》が忙しい。

ここにいると、自販機の唸《うな》る音に混じってなにかが聞こえる。

女の子の隣にいることで、ざわめくものがある。

拾いあげることのできないそれは、砂浜に広がる波の音に少し似ている。

不明瞭な音は三角や四角の文字以外の形で、わたしにそれを伝えようとする。

滾《たぎ》る熱の中に溶けていくそれの答えは、見つからない。


あの子に言ったように、夏休みはまず宿題に手をつけた。

学校へ行かない時間が増えただけで、日常は変わらない。強いて言うと、平日の昼間に訪れているお手伝いさんと顔を合わせる機会が多くなったくらいだ。お手伝いさんは家の掃除を慣れた様子にこなす。私の部屋も、いない間に掃除してくれていたらしい。

「自分で掃除したくなったら、いつでも言ってくださいね」

お手伝いさんは笑顔で、仕事が減ることを望むのだった。

宿題を済ませて、空いた時間に別の勉強もこなす。それも終わると、手持ちぶさたになって猫の姿を追いかけてみる。サビ猫は大体逃げるけれど、ブチ猫は懐いてくれたのか足の上にも乗ってくれるようになった。確かな成長を感じつつ、その背を撫《な》でる。

夏休みって、他になにをするんだろう。

ぼうっとしながら益体もないことを考えて、その思考は時々あの女の子に向く。

変な子だな、と思う。

感想はそれくらいで、残りは警戒のようなものが混じる。あの子といつまでも向き合っていたら私は、また別のものが見えてくるような……そんな予感があった。知らない私を覗《のぞ》き込《こ》んで、水中に沈んでいくように、後戻りできなくなる。大げさな心配だろうか。

その変化を私自身が望んでいるのか、逃げたいのか、分からない。

あの女の子の手のひらは、どれくらい熱いのだろう。

そうして、水曜日。一週間の中で、今は意識せざるを得ない日。

出かける時、水泳教室ではなくあの子のもとへ向かうような気持ちになっていた。

好きとか嫌いとかではなく、その異質さには引き寄せられるものがあった。

道はいつものように蟬《せみ》が鳴き、日は強く、雲は膨らむ。けれどその日差しがいつもより白さを増しているように見えた。全体に輪郭がぼんやりとしている。目を擦っても取れない。

「……もしかして」

目の端に触れる。

少し、視力が落ちたのだろうか。近眼、と机の上のノートを連想する。酷使された目が、近くのものを見るためのものに変わってしまったのかもしれない。自分を高めるために注力した結果、落ちていくものがある。天秤《てんびん》の片側に指を乗せるような感覚を、想起する。

水泳教室のビルに到着する。いそうだ、とビルに入る前から、今日もいるという予感があった。ここまでに降り積もった熱が髪に絡むようで、それを振り払いながら階段を上る。いつも入り口であの女の子と出会うのは偶然ではなく、あの子が私を待っているのだ。はたしてその通りに、また硝子《がらす》に張りつく女の子の姿があった。手前に椅子も置いてあるのにまるで座ろうという様子もない。

今日は当たり前だけどランドセルが背中になかった。

私を待っている背中を、まじまじと見つめる。

「こんにちは」

私から挨拶するのは、これが初めてだと思う。

女の子がすぐに振り向く。

「あ、佐伯さん」

女の子が無邪気に喜ぶようにして私の側に来る。無垢《むく》に振っている手のひらは熱くなっているんだろうか。背中に汗は浮かんでいるのだろうか。その正体に、女の子はいつか辿《たど》り着《つ》くのだろうか。そして私は、それら全てを知ってみたいの、だろうか。

女の子は自然に私の隣に立つ。受付の人を見ると、私たちを見て微笑《ほほえ》ましそうにしている。仲良しと誤解されていそうな気がした。それは、違う。少なくとも笑って眺めていられるような友達では、お互いに留まれないように思えた。

「夏休みはいいよねー」

「そう?」

更衣室までの途中、同意を求めてきた女の子に首を傾《かし》げる。

「いやだって学校好きじゃないし。佐伯さん好きなの?」

「……うぅん」

やることがあるから悩まなくて済むので、そういう面では嫌いじゃないとは思った。

夏休みを明らかに持て余しているし。

更衣室に入る。いつものようにロッカーを前にして、いつもの視線。

女の子が、私の着替えを見ている。

今までとは視線の意味を異なるように捉えてしまって、腕の動きがぎくしゃくする。

意識を表に出さないよう努めて前を向き続けて着替える。

ロッカーに鍵をかけて、プールへ向かおうとする途中で女の子の前を横切る。

女の子はやっぱりまだ着替えもしないで、私の方を見ていた。

「すぐ行くから」

「ええ」

すれ違うように別れる。これが普通なんだ、普通。いつだって一緒なわけじゃない。

一緒じゃないのに、女の子は私を特別視する。

程なくして、用意を終えた私たちが揃《そろ》って指導を受ける。更衣室とは逆に、プールでは私が女の子を追いかける。見慣れると、その泳ぎ方の卓越したものが比較して分かるようになってくる。人から学ぶことなく、人の先を行く。そういう人もいるんだなって、勉強になる。

勿論《もちろん》、悔しさもあった。でもそれは浸《つ》かる水の冷たさに慰められて、落ち着いていく。

職員の人の指示に従って、プールを往復する。教えられたことを守って、注意して身体《からだ》を動かす。行き来の際に隣を確認したけれど、姿は見えなかった。気づかない間にすれ違ったのかもしれない。往復し終えて、壁に手をついてから浮上する。

「わっ」

水面から顔を上げたら、隣にあの女の子がいた。コースをまたいでいつの間にかこっちに来ていたらしい。女の子がゴーグルを額に上げて、瞳を露《あら》わにする。肌と同じく、水に濡《ぬ》れるように潤んでいた。

「な、なに？」

「佐伯さんこそ、こっちを見てたから用事かなって」

他の子たちの視線がこっちに来るのが分かる。このまま話していていいのだろうか。

「泳ぐのが上手《うま》いと思っただけ」

端的に理由を告げて、早く帰ってもらおうとする。でも女の子は暢気《のんき》に、「え、そうかなー」と褒められたことを満更でもないように受け取っている。本当に、周りに興味なんてなさそうだ。そんな子の例外が、温度を上げる私なんだろう。

「佐伯さんも上手いよ」

「……どうも」

「でも腕のさ、水を掻《か》く位置が安定してないと思う」

「そうなの？」

「こうさ……」

女の子が腕の位置や傾きを教えるために、私の腕を取ろうとする。

でも、触れようとした手が途中で留まり、引っ込む。

女の子がまじまじ、自分の手を見る。

急なことで、周囲含めて時間が止まってしまったように錯覚する。

「……ねぇ？」

控えめに声をかけると、女の子はばしゃばしゃと、無言で隣に戻っていく。

それからは私に目もくれないで、淡々と泳いでいた。

私の方も見ないようにしていた。ただ水を掻くとき、腕の通る位置を気にして泳いだ。速くなったという実感は湧かなかった。

水泳教室が終わって挨拶を済ませた後、みんなが更衣室へ引き返そうとする中で女の子だけが足を止めたことに気づく。どうしたの、と振り向くと、女の子は無人となったプールへと飛び込んでいった。まったく躊躇《ためら》いなく、派手な水柱を上げる。

どぼんと、水の一部をえぐるような大きな音がして職員の人も引き返してくる。

「おーい、なにやってる！」

職員の人が呼びかけると、女の子が浮いてきた。丁度、プールの中央あたりに仰向けに浮かぶ。女の子はそのまま動かないで、注意も無視していた。見るといつの間にか、水泳帽とゴーグルも外したらしく別の場所に浮かんでいた。

「少し良い子になったと思ったらこれだ」

職員の人が溜息《ためいき》を吐く。その近くで、私は別のことを推測する。

それはこの場で私にしか分からないことだ。

女の子は身体《からだ》が熱くなって、仕方なかったのかもしれない。

「……………………」

今、あの女の子はどれくらい熱いのか。

水の中でも、分かるくらいなのか。

「佐伯？」

職員の人の呼び声が、後頭部に引っかかり、そしてするりと外れていった。

先の女の子ほど派手にはいけないけれど、プールサイドを蹴って水中に飛び込む。泡の激しく噴き上がる音が頭を包んだ。頭から外れそうになった帽子を引っ張り直そうかと思ったけれど、女の子の様子を思い出してそのままの流れに任せる。女の子と同じように帽子とゴーグルが外れて、髪の先まで水に浸って重さを得るのが分かった。

プールの壁を蹴って真ん中へ泳ぎ出す。浮かんでいる足とその踵《かかと》が頼りなく揺れていた。その足が水中を払うように動いた。泡と共に、女の子が沈んでくる。向きを変えて、女の子がこちらへと泳いでくる。お互いが動いたので、息が切れる前に合流することができた。

二人、水中に沈んだまま目が合う。肉眼なのに、二人しかいなくて水中が荒れていないから相手の顔がよく見える。水中でも輝くような女の子の瞳が私を強く捉えていた。こぽり、こぽりと静かに泡が上がっていく。

不思議と、息苦しさは遠い。

会話もなく、見つめ合う。上では職員の人が怒っているだろうか。どうして来たのか、と女の子の目が聞いているように思える。確かめに来た、と泡を少し吐く。

熱い手のひら。

女の子の手を取る。女の子はびっくりしたのか、泡を多く吐き出す。足をばたつかせて姿勢を維持しながら、取られた手を見つめる。私と女の子の手の色合いは対照的で、その輪郭線が悪くなり始めた目にもはっきりと分かる。

女の子の話したとおり、その手は確かに熱を宿している。水を弾くように熱された手のひらが、どくどく脈を打つようだ。指先が、きゅうっと引き締まっている。女の子はそうして繋《つな》がる手と私の顔を交互に、ゆっくり、呼吸も遮られた世界で確かめる。

女の子は、笑顔ともまた違う、緩んだ表情を私だけに見せつける。

女の子が私の反対の手を取ってくる。両手が繋がった状態になり、お互いの指が絡むように密着する。ひょっとすると、私の指も熱くなってきているかもしれない。

まん丸い泡みたいに、不思議で、突けば割れるような時間を共有する。

それは永遠に続きそうな夢に思えて。でも確かに、現実で。

息苦しさが、目の前のそれを幻想で終わらせない。

さすがに苦しくなってきて、上がろう、と目で訴える。女の子は、さっきあれだけ空気を吐き出しているのにまだ平気そうだった。緩く首を振ると、女の子は顔を寄せてくる。

なにをするのかと身構えようにも手は取られていて、邪魔もできない。

女の子は、私の首筋に顔をくっつけてきた。ぞわぁっと、水中でも鳥肌が立つのを感じる。首に女の子の唇の感触が重なる。その唇が少し動いて、一層、頭に渦を巻く。

唇と首の隙間から、なにかが溢《あふ》れる。

ごぽりと、濁った音と共に泡が生まれては上がってくる。

女の子がなにをしようとしているのか、くらくらとしながらも理解した。

空気を、私に与えようとしていた。

少しでも長く、二人きりであるために。

女の子の泡が、口もとに触れては水面を目指す。

その泡を吸い込むように、取り入れる。


その時、心臓にヒビが入った。


そうとしか思えないような鋭い痛みが、胸に走る。

びきびきと、音を立ててひび割れるのを感じた。

女の子の手を振り払い、水上へ跳ねる。飛び上がって、自分の乱れた吐息だけが耳を埋め尽くす。胸元に手を添える。壊れていないか、不安な指が震えた。

今のは、なに？

心臓の痛みで目に火花が走って、そしてその奥になにかを見た。

いや逆?

心臓が、それを制するようにヒビを入れたのだ。

慌てるように女の子も上がってきて。

ひ、と私の口から悲鳴が漏れそうになる。

「さえきさ、」

女の子の手が伸びてきたのを避けて、プールの端へ逃げる。壁を蹴るように上がり、職員の人がなにか言いかけるのを無視して横をすり抜けて、階段を駆け上がる。手足や頭が水浸しなのもろくに拭かないでロッカーから鞄《かばん》を引っ張り出して、無我夢中に水着を脱ぎ散らかして、服を着る。水滴で張りつく服の気持ち悪さも厭《いと》わず、更衣室を走って出た。

プールに水泳帽とゴーグルをそのままにしてきたと途中で気づいたけれど、取りに帰るなんて考えもしない。

受付で投げるように鍵を返して、カードの返却も待たないでビルを離れる。

走って逃げ出す。追いかけてくるような足音を聞いた気がして一層、怯《おび》える。

夏の日差しも水気に遮られたように、肌に届かない。

真っ黒いものがのしかかってくるようにしか思えなかった。

私は、なにを見てしまったのだろう。なにを受け取りかけて、息が跳ねて呼吸もままならないほどに走って、なにがそんなに怖いのか。なにが、なにが、と思考が整然としない。

鳥肌が止まることなく、背筋は悪寒まみれ。まだ忘れてなければいけない、冬の温度が身体《からだ》を埋め尽くす。首筋の唇の感触は、浮かぶ水滴の中でも埋もれることなく、肌にしがみつく。

地面を跳ぶように蹴って、視界が目まぐるしく上下する。

あの女の子のもたらす泡を吸い込んだ先にあるもの。

それはまだ、私が知ってはいけないもの。

幼い知識や狭い常識では及びもつかないそれの正体を、本能だけが知っている。

三角や四角でしか表現できない感情の発露は、ただ恐ろしく。

恐怖で自分を縛って、逃げるしかなく。

分かるのはもう、あの女の子に出会ってはいけないという警告だけだった。


その日の夜、私は両親が揃《そろ》っているのを確認して話を切り出した。

「スイミングは合ってないから、辞めたいの」

自分からなにかを辞めたいと告げるのは、これが初めてだった。

両親の反応を恐る恐る窺《うかが》う。父は「そうか」と短く呟《つぶや》き、母は「あらそう」とあっさりだ。

「そういうのもあるわよね」

反対や叱責もなく、あっさりと受け入れられる。

諦めたのに、許されてしまう。うちは立派で、それに相応《ふさわ》しい子供であるべきという私の考えは、単なる思い込みだったのだろうか。水面に身を投げ出して浮かぶように、ふわふわとした感覚が拭えない。

よく、分からなくなっていた。

そのまま部屋に戻ろうと廊下を歩いている途中、ふと自分の手に触れる。

そこには夏から独立した、私だけの熱が灯《とも》っていた。

消えるまで、じっと、手を重ねる。

そうして俯《うつむ》いていると、垂れた髪の表面をなにかが滑り落ちていく。

濡《ぬ》れてもいない髪から、水滴が零《こぼ》れ落《お》ちるように。

それは肌を伝い、首に残る違和感の上をなぞっていくのだった。

こうした小学校の頃の出来事は、あまり思い出さない。

いや、いつの間にか思い出せなくなるくらい、時間が経《た》ったのか。

でもたとえあまり思い出せないほどに時間を経ても、消えることはない。

傷だって、温度だって、なんだって。

友澄女子中学校2-C　佐伯沙弥香

Bloom Into You:
Regarding Saeki Sayaka

「沙弥香ちゃん」

学校では聞くことの少ない、自分の名前を呼ばれて振り向く。

合唱部の先輩だった。柚木先輩、と呼んでいるから名字はすぐに出てきても、下の名前は分からない。一方、向こうはとても易々《やすやす》と私の名前を口にする。しかも、ちゃん付け。

少し抵抗がある。耳がざわざわする。

「なんですか？」

「え、ううん。見えたから呼んだだけ」

肩にかからないくらいで揃《そろ》えた先輩の髪が、淡く揺れる。

先輩の朗らかな笑みに裏表はなく、本当に声をかけただけのようだった。

その様子は私に、スイミングスクールの景色を思い出させる。

こういう場合、どんな風に返せばいいのだろう。

『そうですか』というのも淡泊が過ぎるし。色々なかったことにして、曖昧に笑っていればいいのだろうか。試しに微笑《ほほえ》むと、先輩は一瞬、きょとんとする。でもすぐにまた笑う。

「部室行くんでしょう？」

「はい」

一緒に行こうと態度で示すように、隣に並んできた。柚木先輩とは懇意、というのもおかしな表現で……よくして貰《もら》っている、というほどでもなく……一年生の四月に入部して以来、一つ上の上級生として同じ部室に通うけれど、具体的にはそれだけだった。放課後の寄り道だって同級生と行くことばかりで、先輩と学校の外で出会ったことはない。

でも、他の先輩たちとはどこかが違う。そんな感触のようなものが間にある気がした。

「そういえば聞いた？」

「なにをですか？」

今日は窓から廊下へと至る日差しも穏やかで過ごしやすい。手足の動きが軽く感じられる。湿度が六月のそれとは思えなかった。

「沙弥香ちゃんが次の部長になるって話」

前言撤回。先輩のなんてことなさそうな話に、身体《からだ》がやや重くなる。

胃の奥が硬くなって、前へ進もうとする身体の動きに置いていかれるようだった。

「なんで私？」

疑問を呈しつつも内心、そうなりそうな空気は感じていた。

「沙弥香ちゃんはしっかり者だし……」

「そんなこと……」

実際、しっかりしているというほど部活動に貢献はしていない。

合唱部の先輩たちは割としっかりとしているので、私が率先して動かなければ、という空気でもない。ただそれも、今年の夏で終わる。

柚木先輩はどちらかというと、ふわっとしているけど。主に喋《しゃべ》り方や仕草が。強い風が吹けば、綿みたいにばらけてしまいそうなイメージがある。そういう人がここには多い。

校内の雰囲気は、入学前のイメージとは少し異なるのだった。

「私も、沙弥香ちゃんのこと頼りにしてるよ」

人当たりの良い笑顔でそう言われて、悪い気もしない。呑《の》み込《こ》みかけて、しかしちょっと待ってとなる。

「後輩ですから、私」

先輩がそんなことでは困る。先輩は「んー」と柔らかく目を泳がせる。

「でも一年早く生まれてきただけだし。大事なのは、その一年をどう過ごしてきたかだよね」

うんうん、と先輩が一人で納得する。会話が微妙に繋《つな》がっていないような気がした。

しかし、沙弥香ちゃんと気軽に呼んでくれる。

お嬢様学校なんて呼ばれる場所だからだろうか。後輩のことを下の名前で、ちゃん付けで呼ぶ人も珍しくない。私はそうした空気に落ち着くことができなくて、後輩を名字で呼ぶし、さん付ける。雰囲気から浮かないかと少し心配だけど、今のところ問題はなさそうだった。

家族以外に、名前で呼び合うような相手は今のところ誰もいない。

いつか、そういう人にも出会えるのだろうか。……少なくともしばらくは無理そうだった。

中高一貫して、女子しかいないし。

窓にうっすら映る自分と目が合って、俯《うつむ》くと、小学生の時の私とも視線が交わる気がした。

中学生になっていた。

時を経て、順当に十三歳の私がここにいる。地元から三駅離れた友澄女子学園に通い、制服を着ている。大人の仲間入りをしたような澄ました顔で、廊下を歩いている。

電車通学は思いの外、億劫《おっくう》なものだった。

地元を避けるように遠くの学校を選んだのは、家族の勧めに従ってのことだった。

渡りに船という心境もそこにはあった。

あの女の子と中学校で再会することに、どこか抵抗を持っていた。


「……………………」

たくさんの習い事は、中学進学を機にほとんど辞めることになった。続いているのは、祖父母の意向で残った生け花だけだ。学校の勉強の方に時間を回したいという私の言い分を両親が受け入れてくれたからだ。それは本心でもあったし、あらゆる先頭を歩き続けることへの限界もあった。人に勝てること、勝てないことの区別をつけながら自分を高める。考えなしに前へ前へと進んでいかないことを、私は覚えた。

それは視野が広がったということなのか、単に遠くが見えなくなって諦めてしまったのか。

小学生の私は、今の自分に満足してくれるだろうか。

合唱部の部室となっている、音楽室に着く。中で音がしているので扉を開けると、机を左右に動かしているところだった。近くで作業していた後輩が挨拶してきたので、簡単に返す。

「沙弥香ちゃん、やっぱり頼られてる」

「挨拶しただけなんですけど……」

ははは、と先輩の冗談に少しだけ笑う。

合唱部を選んだのは、身軽だったからだ。楽器が必要なく、身一つでできる。それにピアノは習っていたけれど、歌はさほど経験がない。小学生の時ほど肩肘張ってはいなくとも、経験は多いに越したことはなかった。

少し遅れたから、今日の用意は既にほとんど終わっていた。

「沙弥香ちゃんとここで会えるのも、残りちょっとね」

机を退けて出来上がった空間を眺めながら、先輩が言う。

そして、私を見つめてくる。

「先輩？」

間近で視線を受けて困惑する。なぜか、言い出した先輩もやや困ったように目を細めて笑う。

「がんばろうね」

「はい……」

どこか薄い声だと思った、お互いに。

先輩は、本当は別のことを言いたかったのかもしれない。でもその本当を、この時の私に思いつくことは叶《かな》わなかった。数学みたいに公式を学ばなければ、解けないこともある。

合唱部に所属するのは二十人前後で、三年生が半分を占める。一年生は三人。二年後を考えると、合唱部の存続はやや危うい。顧問の先生曰《いわ》く、消えたり復活してきたりと繰り返しているらしい。私が卒業する時にはまたなくなっているかもしれない。

合唱は、なかなか新鮮だった。小学校の習い事みたいにただ個を高めるのとはまた違うものが要求される。周りの人との協調を否応《いやおう》にも意識せざるを得ない。活動自体はそこまで厳しくやっていく方針ではないので、力を入れすぎて浮き立たないようには気を遣っている。

顧問の先生の指導を仰ぎながら、今日の課題として与えられたパートをみんなで揃《そろ》えて歌う。その合間に、部員たちの顔を覗《のぞ》く。同級生や下級生を中心に確かめて、途中で目の合った柚木先輩には微笑《ほほえ》まれて、やや気まずくなりながらうん、と内心で頷《うなず》く。

部長かぁ、と近づいてくる重責に、密《ひそ》かに溜息《ためいき》を吐いた。

「佐伯さんも来る？」

音楽室の机を戻して、簡単に掃除をしている最中に同期の部員に誘われた。

「どこか行くの？」

「今日はちょっと早く終わったし、なにか軽く食べようかなって」

ねぇ、と部員が振り向いて別の女子が目線で応える。

前回は断ったな、と思い返す。

「そうね、行こうかな」

返事をしてから時計を確認する。

「電車の時間があるから、途中で抜けるかもしれないけど」

「あぁいいよいいよ」

同級生と一緒に机の位置を戻す。手についた埃《ほこり》を払い、一息《ひといき》吐く。

学校に財布を持ってくるのは、いつの間にか悪いことではなくなっていた。

窓の外に目を向ける。昼から続く青空は未《いま》だ途切れることがない。日を増す事に日照時間は長くなり、季節の幕が段々と上がっていくのを感じる。夏の訪れも近い。

「沙弥香ちゃんも行くんだ」

「わ」

急に話しかけられて驚く。いつの間にか斜め後ろに先輩が立っていた。

近づいてきたのにまったく気づかなかったから、下から生えてきたような登場に思える。

「意外だねー。沙弥香ちゃんってもっと堅い子かと思ってた」

「私にどういうイメージ持ってるんです？」

まぁ、小学生の頃は生真面目が過ぎたと思うけど。

「うーん、そっかー。沙弥香ちゃんも行くのか」

「先輩？」

先輩がうんうんと唸《うな》り、それから年上らしからぬ上目遣いで、私を窺《うかが》う。

「私も行っていい？」

「先輩がですか？」

予想していない申し出に、目が丸くなるのが分かる。

「ダメ？」

「いえ……意外かなって」

「ほら、沙弥香ちゃんも私に変なイメージ持ってる」

一緒よ一緒、と指差される。そっちじゃなくて、後輩の中に入っていこうとする先輩が意外だったのだ。こういうのは滅多なことでもないと学年で固まるイメージがあった。実際、普段を省みるとそういう流れになっていると思う。

だから意外より、珍しいの方が適切かもしれない。

「他の人に聞いてみないと分からないですけど、私は構いませんよ」

先輩の表情がぱっと明るくなる。

「うん、ありがと」

まだ決まっていないのに、先輩は上機嫌で片づけに戻るのだった。

私が行くから先輩も来る。……どうしてだろう？

そんな女の子と前にも出会ったことがあったけど……まさかね。

「柚木先輩も行きたいって言ってるけれど」

さっきの同級生に伝えておくと、同級生は「先輩が？」と目を丸くする。

「意外だね」

「みんな色々意外すぎない？」

「もっとお嬢様かと思ってたから」

ふわふわしているし、と同級生が評する。その印象については同意だった。

同級生の中に先輩が交じると壁や遠慮が生まれそうなものだけど、先輩はなんというか、空気が緩いので問題ないと思われている節がある。これが部長とか、かっちりした人だったら同級生も嫌がるだろう。

そんなわけで、珍しく先輩も含めて寄り道することになった。

いつもは学校の門から駅まで真《ま》っ直《す》ぐ歩くだけだから、別方向に行くと視界が開けたように錯覚する。昼間の町、通い続けている町、馴染《なじ》みのない景色。多分、私はこのまま学校以外の場所をほとんど知らないまま中学、高校と過ごしていくのだろう。たくさんの習い事に通っていた小学生の頃よりも行動範囲が狭い。やっぱり通学の電車だけで三十分は長いよ、と感じてしまう。でも大人だって会社と家を行き来しているだけみたいだし、そんなものだろうか。

先輩は私の隣を歩いている。横目で眺めて、目線の位置が変わりないことを知る。入部時にあった身長差は、大分その差を縮めていた。

角にあるお饅頭屋《まんじゅうや》からは、今日も熱気が店先に上がっている。その角を曲がって、道路を越えて右手側の通りにあるファストフード店へと同級生が向かう。この間も来た場所だ。昔はちょっとしたスペースしかなかったけれど、改装して二階にまで席が広がった、と地元で暮らす同級生が話していた。そこへ向かう途中、何の気なく先輩を見ると神妙な顔つきになっていた。目もとに不安が混じっているのか、瞳の動き方がやや挙動不審だ。

「どうかしました?」

忘れ物でも思い出したのかな、ぐらいの想像で様子を窺《うかが》う。

「え、ううん。なんでもない、ない」

はぐらかすように頭を振った。なんでもなくなさそうだけど取りあえず、店に入る。悩みがあるなら中で座って、落ち着いてから聞いてみればいいだろう。なんだか、まるで先輩扱いしていなくて、ちょっと笑ってしまう。

まだ七月にもなっていないのに、店内は空調が利いていた。奥のカウンターまでに続く左右の席は半分ほど埋まっている。二階の階段を丁度、別の制服を着た学生が上がっていた。何度か来てはいるけれど、賑《にぎ》やかな部分は耳が慣れない。

先輩はどうかなと、また横を見る。

「……先輩？」

先輩は、なにやら縮こまっていた。主に首が。気後れするように、きょろきょろしている。

「沙弥香ちゃん、あのね」

隣にいるのに先輩が手招きしてくる。どれほど近づけばいいのか。

「耳貸して」

「はぁ」

小声の先輩に言われたとおり、耳を寄せてみる。先輩は不安で縦に潰れたような小声で言う。

「私、こういうとこ来るの初めてなの」

「……え」

変なイメージどころか、正解だったのではないかと思う。

道理で不安そうにしているわけだ。

「どうするの？」

「どうって、普通に頼むんですけど……」

る。

「あそこで注文して、お金を払って受け取るだけです」

カウンターを小さく指す。同級生たちが中途半端な位置で立ち止まって、私たちを待ってい

「普通ってなに？」


「本屋やコンビニと同じですよ。……行ったことありますか？」

「さすがにあるわ、それくらいなら」

拗《す》ねたのか、先輩の声が擦れる。下唇を突き出すようにして、少しかわいいと思った。

もっとも私も、来たのは中学生になってからなのだけど。

最初は今の先輩と似たような気持ちだった。

待っているのに飽きたのか、同級生が引き返してくる。

「一緒に頼んじゃうけど、ポテトとドリンクでいい？」

「ええ、お願い」

「柚木先輩も？」

「お、お願い」

先輩がかくかく、取りあえず頷《うなず》く。初々しさに溢《あふ》れているその様子を見て、自分が最初に来たときも、周りからこんな風に見えていたのだろうかとやや照れる。

言及されなかったのか、しなかったのか。同級生の性格を褒めるべきかもしれない。

先輩がまた小声で確認してくる。

「ポテトって、じゃがいも？」

「じゃがいもですね」

笑いを堪えるのが大変だった。

ほどなくして、トレイを受け取った先輩がカウンターを眺めて呟《つぶや》く。

「先にお金を払うのね」

「え？」

「あ、なんでもないの」

ごまかした先輩が席に着く。向かい側の席を同級生二人が埋めてしまったから、私は必然、先輩の隣に座ることになる。まぁ、この中だと先輩と一番仲良いのは私だし、そうなるのか。

お互いの鞄《かばん》を挟むようにしながら先輩と隣り合う。先輩は紙袋から覗《のぞ》けるポテトをじっと見つめた後、やや警戒するように口に運んでみる。ふんふんと噛《か》みながら頷いて、飲みこんだ後、

「味はすごく普通ね」と先輩が呟いた。普通じゃない部分はどこなのだろう。

そんなこともありながら、和やかに会話が始ま、らない。同級生、私、そして先輩における共通の話題は少ない。勉強についても学年の違う先輩がいることでやや噛み合わなくなる。そうなると全員が会話に参加できるのは合唱部のことぐらいになる。その合唱部についても、熱心に活動しているわけではないから話すことも多くない。

もしかすると、他の部員個人への悪口なら盛り上がるかもしれない。

でもそんなことを話す意味もなかった。

そうなってくると自然に、隣の相手との会話になる。同学年二人は気心も知れて盛り上がれるし、私と先輩は……そこまで仲がいいのか曖昧だけど、話せないことはなかった。

「沙弥香ちゃんもこういうとこはよく来るの？」

先輩は店内をきょろきょろとして分かりやすく初々しい。

「一人だとあまり利用しないですね。そもそも外出も少ないんですけど」

「ふぅん……休日はなにしてるの？」

「なにしてるんでしょう。いつの間にか終わっていくので」

本は電車通学の時間に読み進めていると、休日に回す分まで残らないのだった。

ポテトを摘むと、先輩も倣うように口に運ぶ。そして指をペーパーで拭う。先輩はやや潔癖なのか、指が汚れるとすぐに拭いてしまう。

「沙弥香ちゃんは習い事とかやってないの？」

「前はたくさんやっていましたけど、今は生け花くらい……」

「お花かぁ。あ、着物に着替えたりするの？」

「いえ、そんなこと毎回しませんから」

お正月の初生けに着るくらいだろうか。先輩は「なーんだ」とやや残念そうにストローをくわえる。どこに残念がるところがあったのか。

「それで沙弥香ちゃんは……」

続けて、先輩に色々と聞かれる。聞き取り調査を受けているみたいだ。私も先輩に聞いてみたいことはいくつか思い浮かんだけれど、こちらが質問する隙間を与えてくれない。

思えば先輩とこんなに一気に話したのは、これが初めてかもしれない。

これまでは部活動で顔を合わせて、挨拶して、軽く話すくらいだった。

「佐伯さん、時間は大丈夫？」

同級生が気を遣って確認してくる。私は店内の時計を一瞥《いちべつ》して、「まだ大丈夫」と答えた。

そのやり取りを受けて、先輩が「あ、そうか」と思い出す素振りを見せる。

「沙弥香ちゃんは電車通学だもんね。大人っぽいね」

「ぽいかな……？」

少なくとも、にこにこしている先輩はぽくない。

「慣れると面倒くさいだけですよ。人混みの中で立ってないといけないし」

「その面倒って感想が大人っぽいと思うの」

そうかな？　と首を傾《かし》げそうになる。子供だって面倒に思うことはいっぱいある。あった。

「沙弥香ちゃんは時々、すごく大人びて見えるわ」

「そうですか？」

「同い年ならもっと頼りにできたのになー」

おどける先輩の冗談に付き合って軽く笑う。先輩は、あまり笑わなかった。

「ははは……」

「沙弥香ちゃんとは同学年の方がよかったな……」

先輩が消えゆくように、か細い声で吐露する。

……もし同い年だったら、私のことをどんな風に呼んでいたかは気になった。

年上の雰囲気が薄いけど、先輩はちゃんと三年生なのだ。

三年生は夏休み前に引退する。大会に参加するわけでもなく、他の部活動に合わせて終わりというのが伝統らしい。

だから柚木先輩と音楽室で出会うのも、あと一ヶ月くらいだ。

私としては、音楽室が広くなりそうだなって、それくらい思うだけのことだった。

少なくとも、この時はまだ。

それからまた先輩に質問攻めにされて、答えて、とやって時間が過ぎていった。どうしてと思ったけれど、他に間を埋められるような話がなかったから、というのもありそうだった。まず、私たちはお互いのことをよく知らない。なにか始めるにしても、お互いを知らなかった。

先輩は最後に立ち上がり、私たちが片づける様子を観察してからそれをなぞる。

その様子を眺めていたら、先輩が視線に気づいて少し膨れた。

「なにか？」

「いいえ」

なんでもないです、と店の入り口を向いて、少し笑う。

先輩の話は聞けなかったけれど、その可愛《かわい》げを知った一日だった。


「打ち上げ、ですか？」

七月も半ばの頃、部活動が終わる頃に部長に声をかけられた。

引退を記念して、打ち上げを予定しているという話だった。

去年の三年生が引退する時はやった覚えがない。伝統とかそういうものではないみたいだ。

「なにやるんですか？」

「いや別にご飯食べてカラオケ行くぐらい」

「カラオケ……」

合唱部だからだろうか。名前は知っていても少し身構えてしまう。

「放課後に集まるのは遅くなってまずいから土曜か日曜に集まるつもりなんだけど、佐伯は電車通いでしょ？　どうする？」

「うーん……」

自分たちの引退ならともかく、先輩たちの打ち上げだからなぁ、と少し躊躇《ためら》う。部長も無理に誘う気はないみたいで、「明日までに決めてくれたらいいや」と伝えるのを終えたら離れていく。どうしよう、と置いてあった鞄《かばん》を手に取りながら自問する。

「沙弥香ちゃんも来てくれると嬉《うれ》しいな」

「わ」

前回ほどには驚かなかった、いきなりの先輩だった。

「一緒に楽しまない？」

「……ひょっとして先輩」

なんとなくこの流れに経験を感じる。

「だって……ほら」

言《い》い淀《よど》む先輩、そしてそこから続くひそひそ声も既視感めいていた。

「沙弥香ちゃん、実はね」

「カラオケも行ったことないんですね」

先読みされて、先輩がむっと眉根を寄せる。でもその後、溜息《ためいき》一つ。

「そうなの」

「先輩はどこなら行ったことあるんですか？」

冗談で聞いたのだけど、先輩は思いの外、真剣に考え込む。そして、目が泳ぐ。

「コンビニ？」

「じゃあ大丈夫です」

多分。実は私も入ったことないのだった。

「沙弥香ちゃんも来てくれると嬉しいな」

にっこり、と先輩が笑顔を武器に立ちはだかる。

「それは今し方聞きました」

「だって、怖いもの」

今にも制服の袖を掴《つか》んで縋《すが》ってきそうな調子だった。

私と一緒なら怖くないんだろうか。先輩は一体、私をなんだと思っているのか気になるところである。でも聞くとなにかまずいものを見てしまいそうで、喉の奥で二の足を踏む。

「カラオケは、ほら、楽しく歌うだけですよ。合唱と一緒」

私も未体験なので、表現があやふやなものになる。駅前にあるのは知っているし制服の子たちが入っていく所も時々は見るけれど、自分とは無縁の場所だと考えてほとんど気にも留《と》めていなかった。先輩も似たようなものじゃないかと思う。

「あ、沙弥香ちゃんと一緒に歌ってみたい」

救いでも見つけたように、先輩が急に明るくなる。

「いつも歌ってるじゃないですか」

「それもう終わり」

先輩がやや前屈《まえかが》みだった背を伸ばして、私の身長をほんの少し追い越す。

「沙弥香ちゃんと一緒になにかするの、これが最後かもしれないもの」

「…………………………」

ずるいカードを使ってきたな、と思った。

人は最後に弱い。次がないということより、優先される動機はまずない。

それを無視しようとすると、心からなにかが剝がれるような焦燥と抵抗を感じるのだった。

「家の用事がなかったら……」

確定にはしない、少しばかりの心の弱さを見せながらも承諾する。

考えてみれば面倒くさいという理由以外で、不参加の意味もないのだ。

そんな後ろ向きなものに引きずられるくらいなら、先輩のために動いてみるのも、悪くない。

先輩にお願いされる形で、打ち上げに参加することになった。


微睡《まどろ》みの向こうに、なにかが散る音がしていた。目を瞑《つぶ》ったまま耳を澄ませて、それが雨の音であると知る。雨かぁ、とぼんやりその情報をなぞってから、雨、と起き上がる。

ベッドから下りてカーテンを開けると、庭の木を雨が強く打ちつけていた。

「ひどい」

出かけるという日に限って、これだった。

ニュースで天気予報を聞いて、雨が止《や》むことは難しいと聞いて腰が重くなる。

まだ触れてもいないのに、前髪と睫毛《まつげ》が雨で濡《ぬ》れたように錯覚する。

面倒くさい、と払拭したはずの後ろ向きさが再燃しそうになった。

溜息《ためいき》を吐いていると襖《ふすま》の向こう、廊下から猫が部屋を覗《のぞ》いていた。見つめてきたので、見つめ返す。でもすぐに興味がなくなったようで、部屋の前から離れていった。

小学生の時の私なら、猫をすぐに追いかけただろうと思う。でも今は見送る。背が伸びたことに、なにが変わったのだろう。時間は私をどう変質させたのか。

雨の日に出かけるのが億劫《おっくう》なのは昔と一緒だなぁ、とぼんやり景色を眺めた。

それでも用意はして、靴を履く。

「出かけるの？」

玄関で、猫を抱いた祖母に声をかけられる。猫は祖母と一緒にいると大人しい。

誰が飼い主かちゃんと分かっているのかもしれない。

「うん、部活動でちょっと」

「あまり遅くならないようにね」

「うん」

母親みたいなことを言われた。棚から傘を取り出して、「行ってきます」と告げた。

土曜日に雨降りとあって、駅までの道に人影は少なかった。通学用の鞄《かばん》の重みが手元になく、制服のスカーフが胸元で揺れることもなく、足首が跳ねた水で時々冷たい。季節柄とも言える蒸し暑さが徐々に身体《からだ》を包んで、不快なものを増していった。

雨音が傘の向こうと内側で、別々のものとして聞こえる。外は勢いよく、中は静かに。滝の中へ、ゆっくりと分け入るようだった。

駅ではいつものように定期で改札を通って、丁度ホームに入ってきた電車に乗り込む。平日の通勤時間よりは乗客もずっと少なく、車内は空調もそれなりに利いていてほっとする。久しぶりに朝、席に座ることができた。

持ってきた文庫本を開きながら、到着までの時間を潰す。

集団で行動するということ自体、小学校の修学旅行以来かもしれない。

あの時はどこに行っただろう、と考えていると本の文字は半分も目に入らなくなっていった。

全部思い出す前に、電車は目的の駅に着いていた。本を畳み、電車を出る。

駅前に集合と言われていたけど、さてどこかなと改札を通ると、すぐに声がかかった。

「沙弥香ちゃん」

先輩が手を振って知らせてくれる。女学生の集団が大きな四角い柱の側に集っていた。

会釈すると、私服の先輩が歩み寄って出迎えてくれる。先輩の笑顔は、私一人だけと待ち合わせしているかのようだ。勢いよくやってきた先輩はそのまま、私の手でも摑《つか》むんじゃないかと思うくらいだった。

「わぁ、私服の沙弥香ちゃんだ」

先輩が頰をほころばせてありがたがる。……ありがたがる？　取りあえず、喜ぶ。

「初めて見る」

「先輩こそ」

無地のシャツに英字がかわいらしくプリントされているけど、達筆すぎて読めない。

「制服じゃないとまた大人っぽく感じるなぁ」

先輩はなぜか若干、誇らしいものを見るような調子だった。先輩が服を用意したわけでもないのに、どういうことなんだろうと思いつつ、同じ言葉を返す。

「先輩こそ」

今なら高校生と偽っても信用されそうだ。そういう雰囲気を感じ、やっぱり年上なんだなと認識を少し改めた。先輩と共に、みんなの所へと向かう。集合場所には三年生だけでなく、同級生の姿もあった。一年生もいるし結局、みんな参加したようだ。

私だけ来なかったら問題になっていたかもしれない。先輩に救われた形になる。

「揃《そろ》ったし、移動するよ」

部長が先導する。三年生を先頭に、二年、一年生と綺麗《きれい》に並んで固まって移動する。先輩も三年生の中にいるけれど、後方で、独り歩いている。時折、振り向く先輩と目が合った。

「どこに行くの？」

隣の同級生に聞いてみる。同級生は耳にかかった髪を払いながら言う。

「カラオケの近くのファミレスだってさ」

ファミレスかぁ、と過多に見えるほど煌《きら》びやかな看板を想像した。

駅からファミレスまでも当然、雨に降られる。各々の差した傘は色が統一されてなくて、模様も様々で、上から見れば花でも咲いているように見えそうだ。その花が並んで動き回っている。ぞっとしない風景だと思った。

ファミレスは駅より歩いて五分もない位置にあった。駅の裏側は学校とは方向が違うので、初めて目にする。入り口はやや狭く、階段を上った先のビルの隙間にあるようだった。

傘を閉じて、三年生や二年生が続々流れ込んでいく中、その流れから離れた先輩が私の隣に来る。

「沙弥香ちゃん、あのね」

「ないんですよね？」

「ないんです」

三度目ともなるので、先輩が照れ笑いを浮かべる。先輩が幼い印象を与えてくる、その理由をなんとなく察する。お嬢様への想像を形にして生まれたような先輩だなぁと思う。

それと私も、内心で『ないんです』と続けた。

働く両親が家に揃《そろ》うことが少ないので、家族で外に食べに行くという機会があまりないのだ。

取りあえず、先輩よりはきょろきょろしないよう意識して階段を上った。

店内は雨曇りとは隔絶されたように明るかった。ボックス席がびっしりと並んでいる。テレビで見かけたものと一緒だ、と目が動きそうになるのを自制する。

窓の外の景色は、向かいの灰色にくたびれたビルにざんざかと降る雨。

硝子《がらす》に貼りつけられた模様のようだった。

あまり明るすぎると隙間がないように思えて落ち着かない。空いている席に、学年ごとに適当に座っていくと先輩が私の隣にいた。学年ごと、なんて先輩には無縁らしい。

先輩はなにか言いたそうな私に、柔らかく微笑《ほほえ》んで口を噤《つぐ》ませるのだった。

それからおっかなびっくり、注文を済ませる。勿論《もちろん》、表には出さないよう努める。さほど大きくないファミレスは私たち合唱部が席の半数を占めていた。そのせいか、周辺から雑多に訪れる声が高い。そうした声とは別の枠で、先輩の声が聞こえる。

「沙弥香ちゃんの家、猫がいるんだ」

「サビ柄とブチのが二匹」

いつからか、私の家の話になっていた。先輩は私の話ばかり聞きたがる。

「猫ってかわいい？」

「ええ。前よりは懐いてくれますから」

愛想がない頃も、それはそれでかわいげを感じたものだけど。

「ふぅん」と先輩の反応は微妙なものだった。思案するように、目が左へ流れる。

「猫、嫌いですか？」

「んー、どうかなぁ……私、動物ってなんだか苦手で」

「苦手？」

「なに考えているのか分かりづらくて、そういうとこで敬遠しちゃうかも」

先輩がそんなことを話す。本人はふわふわとしているのに、意外だなって思った。

「でも沙弥香ちゃんの家の猫なら、ちょっと触ってみたいかな」

「そうですか？」

「沙弥香ちゃんに似て良い子だと思うもの」

……先輩の目に、私はどう善良に映っているのか。

猫だって私が飼っているわけじゃないのに、似るとは思いがたく。

そうですかね、と自分と家の猫を振り返って苦笑した。

そんな風に、ファミレスで過ごした。みんなと、と言うより先輩と。

次にカラオケボックスまで移動する。傘を差そうとしたら、「近いらしいから一緒に入りましょ」と先輩に誘われた。開きかけた傘を見下ろし、残る雨粒が下へ流れていくのを見てから、また閉じた。

「お邪魔します」

先輩の差した傘の下に入る。「いらっしゃい」と先輩は満面の笑みだ。

傘は先輩が差したままで不都合なく、背丈の差を感じた。

カラオケボックスまでは本当に近く、一分も歩かないうちに着く。

「短かった」と、傘を下ろす先輩は少し唇を尖《とが》らせた。

そのまま全員で一纏《ひとまと》めに、部屋を紹介される。カラオケボックスって二十人も入れるんだ、と驚く。もっと狭い個室のイメージだった。

赤い座席にぞろぞろと詰めていく。ただ中は確かに狭苦しく、奥の人が入り口に戻るのは大変そうだった。室内は歌う前から大音量が流れていて、変に明るいしとファミレス同様に落ち着かない。先輩も似たような気持ちらしく、不安げに目が行き来していた。

それぞれが飲み物を頼もうとメニュー表を覗《のぞ》き込《こ》む。一方、部長が動く。

「この場を借りて発表しまーす」

いきなりマイクを握った部長が歌い出す前に歩き回り、そして、私の腕を摑《つか》んだ。

「え？」

「次の部長は、佐伯沙弥香に決定しました！」

中途半端に立ったまま、寝耳に水の如《ごと》しだった。

これまで一度も聞いてない。

「あの、ちょっと部長？」

「元だよ」

にやにやしながら私を立たせる。マイクを預けて、部長はさっさと座ってしまう。

「じゃあ就任挨拶をどうぞ」

「えーいえ、なんで私が？」

マイク越しに疑問を発したら、拍手で出迎えられた。噛《か》み合《あ》ってない、と呆《あき》れる。

「二年生で一番成績のいいやつに任せる、というのがうちの伝統なの」

部長がようやく説明してきた。その部長をしげしげ眺める。

「なによ」

「本当に成績一番だったんですか？」

私の問いに、他の部員が笑う。部長は「こんにゃろぉ」と大げさに憤る。

「当時は一番だったんだよ。今は、うん、あれかもしんないけど」

憤然としながらも、やや勢いが弱い。

「私も成績悪くなるかもしれないし、辞退します」

「もってなんだ、もって」

「……と、言いたいけど断ったらみんな困りそうなので……」

部長の声は無視して、まぁ、しょうがないかと諦める。予想はできていたことだった。

息を吸う。音も、部員の声も、次第に静まっていった。

「最後までやりきれる自信はありませんけど、よろしくお願いします」

無難な意思を示す。本当はもっと過激な本音だってあったけど、そちらは飲みこむ。

この場に求められていないものを、自分の意思で押し出す。

そこまでワガママにはなりきれない。

部員たちはその場の勢いで、大きな拍手を進呈してくれた。

視線も注目も、すべてを注がれて、むず痒《がゆ》い。

マイクを返して座ると、先輩に「おめでとう」と祝われる。あまり嬉《うれ》しくない。

「本当に部長になりました。なりたくはなかったんですけど」

「それは仕方ないね」

「どう仕方ないんですか」

「うちの部では沙弥香ちゃんが一番、美人だと思うし」

先輩が声を潜めて、そんなことを言う。……美人って、と困惑する。

「関係ないでしょう、それ」

そしてさらっと、なにを言っているのか。

遅れて少し照れながら、先輩の微笑《ほほえ》んだ横顔を盗み見る。

……先輩も、美人だと思うのだけど。

一番かな、と自分の頬を少し摘んでみる。顔はたくさん並んでいて、よく分からない。

ただ先輩にとって、私が一番なのか、って思った。

少し頬が熱くなった。

カラオケボックスから出る際、先輩は寄り添うように隣にいた。

私はそんな先輩を見たり、見なかったりした。


そうして夏が過ぎて、秋の風が音楽室にも訪れる。

放課後が過ごしやすい温度になったのは、先輩たちが去って空間が広くなっただけではないだろう。制服も冬の装いに変わる。家族には、こちらの黒いセーラー服の方が似合うと言われた。そうかな、と袖を摘む。見下ろして、似合うならそれでいいかと思う。

成績というものを理由に部長に担ぎ上げられた私は、その日も音楽室の机を右に左にと移動させていた。部員が少なくなったので必然、個人の作業量も増える。来年になって新入部員の集まりが芳しくなければ、合唱部は解散もあり得る。

こういうのも部長の責任なのだろうか。なのだろう、きっと。

立場のある人というのは責任を取るのが仕事だ、と父も言っていた。

でも入部者を増やす方法なんて、具体的にあるのだろうか。

そんなことを考えながら、持ち上げた机を壁際に並べていると。

「沙弥香ちゃん」

「先輩？」

音楽室を覗《のぞ》く柚木先輩がいた。夏を過ぎてからは一度も顔を見せなかったので、登場は意外なことだった。なにはともあれ、呼ばれたので作業を中断して入り口に向かう。

「お久しぶりです」

「うん」

先輩が頷《うなず》いてから、「あ」と顎に指を添える。

「沙弥香部長さんって呼んだ方がいい？」

「やめてください」

なんとも収まりが悪い。せめて名字ではないのか。

「様子を見に来たんですか？」

前部長は何度か覗きに来ていた。解放されたからか、練習を見学して大変そうだねと暢気《のんき》に言って帰っていく。「あ、うん」と先輩は曖昧に反応してから、私を見つめる。

いつかもそうした視線を感じたように思う。

それは先輩からではなく、もう少し昔。思い出す度、目を逸《そ》らしそうな記憶。

水に混じる塩素の匂いを幻に感じる。

「部活動が終わってからでいいんだけど、沙弥香ちゃんに話があって」

話？　と首を傾《かし》げそうになる。この場ですぐ終わらないような、長い話なのだろうか。

心当たりがなかった。

先輩はなんでか、目を逸《そ》らす。

「終わったら中庭に来てくれる？」

「構いませんけど……」

これから部活が始まるから、先輩は結構待つことになる。いいのだろうか。

「うん。じゃあ」

言葉短く、先輩が去る。音楽室の中には目もくれない。珍しく早歩きの背中を見た。

なんだろう、と呟《つぶや》きながら作業に戻る。

昔を思い返したからか、独特の落ち着かない雰囲気はいつまでも消えなかった。

部活動が終わっても、すぐに音楽室を離れるわけにはいかない。後片付けはあるし、鍵も責任持って職員室に返さないといけない。それらをいつもより気が急《せ》くように済ませてから、中庭へと走る。入学してから掃除の時以外に中庭を訪れたことはなかったように思う。

靴に履き替えて、校舎の壁に沿って回り込む。はたして先輩の姿はすぐに見つかった。中央にある噴水の奥に立って、水が静かに湧き上がるのを見つめている。足は揃《そろ》えるように距離を詰めて、両手は隙間を塞ぐように重なっていた。

「先輩」

声をかけるとすぐにこちらを向く。先輩は手を下ろしながら私を待っている。噴水を回って先輩の側に行くと、夕暮れの始まりと共に影が伸びていた。影は実物の先輩よりもずっと深く、大きく地面に立つ。先輩が少し身じろぎするだけで、影は私を払うように大きく動いた。

「お疲れ様」

先輩がまずねぎらってくれる。それから、目が噴水の方へと逃げるように逸れる。

「ごめんね。えぇと、大した用事じゃないんだけど」

話じゃなかっただろうか、と思ったけど些末《さまつ》なことなので特に言及はしないことにする。

「先輩、用事って……？」

空模様を一瞥《いちべつ》しながら尋ねる。あまり遅くなると電車も混雑してくる。

そうした私の素振りを受けて、先輩は「すぐ済むの、すぐ」と一歩、前へ出る。

先輩の腕から伸びた影が、私の顔を覆うように抜けていく。

「沙弥香ちゃん、あのね」

先輩が私の手を取る。両手で、包み込むように。

先輩の手は秋に染まるように、少しひんやりとしていた。

先輩は、言った。

「あなたが好きなの」

生まれて初めて受けた告白は、真《ま》っ直《す》ぐだった。

飾り気はなく、先輩らしいと思った。

そこまで考えたところで一旦、ぼぅっとなる。焦点が合わない。

背中が冷や汗を浮かべながら熱くなるまで、時間がかかった。

まばたきを忘れて目が乾くのを感じる。

好きと言われた。

後頭部に糸でも引っかかるように、遅れて理解する。

好きの意味は、先輩の頬が夕日以外で染まっていることが示していた。

「…………………」

ほんの少しの声さえ、出すことを躊躇《ためら》う。

最初に、おかしいと思った。

だって先輩は女の子で、私も、そうだ。女同士なんて、と壁にぶつかる。教室の壁よりもずっと硬いもので鼻を打ってしまうようだった。先輩の手に包まれた私の手が、段々と熱を帯びてくる。どちらの手がより強く、熱さを纏《まと》っているのだろう。

「よければ、付き合ってほしいの」
先輩は更に踏み込んでくる。どうしよう、と誰かに聞くように心が左右を見回す。
もちろん、助けなんてない。誰かに来てもらっても困る。
夕暮れを含んだ風だけが、頬に帯びた熱を払うように流れる。
付き合う、付き合うって。つまり。
私も、先輩が好きになるということ。好きになる？　引っかかる表現だった。
黙っているから、先輩の眉が落ちて不安そうにしている。
なにか言わないといけない。
受け入れる？
断る？
この場で決める？
無茶を言わないでほしい。
「……少し、考えさせてくれますか」
頭がぐるぐるとして、それだけ言うのがせいいっぱいだった。
「うん」と先輩はやや心配そうに目を伏せて笑う。
時間を置くことを怖がるように、先輩の肩は頼りなく見えた。
「それでは」

それではってなに、と自分で言っておいて呆《あき》れる。混乱の中、ぎこちなく一礼して、ぎくしゃくと中庭を後にする。関節が曲がりづらい。曲がるのを待てないように手足が前へ出る。緊張とは割と無縁の性格であると自負していたけれど、気のせいだったのかもしれない。秋にはそぐわないような冷や汗が手のひらに浮かんでいるのが分かる。

知らない自分が外の風に剝《む》き出《だ》しになって晒《さら》されていた。

振り返ると、先輩が顔の横で小さく手を振ってくる。

そして、私のぎこちなさをつい笑うように、口もとが少し緩んでいた。

かぁっと耳まで一気に熱を帯びて前に向き直る。膝が曲がらないまま早歩きで離れていく。

告白なんてされたのは初めてだった。

なにを考えればいいのかも分からない。

……そして、これからずっと先に、ふと振り返ると。

最初に告白してきたのが女の子だったのは、そういう運命の暗示だったのかもしれない。

帰りの電車で降り損ねるところだった。

階段から床へ下りたことに気づかないで慌てて転びそうになった。

いつもは気怠《けだる》さを感じる帰り道は、気づけば終わりを迎えていた。考えるのを先延ばしにすることも許されないみたいで、つい、家の門を見上げてしまう。昔より門に目線が近づいていた。そうして眺めているといつまでも動けなくなりそうで、なにも考えないよう努めて取りあえずは家の中へと入った。玄関先で靴を履く祖父母とすれ違う。

「おかえり」

「ただいま帰りました」

声が喉という筒を滑る感覚が、まるで他人事《ひとごと》のようだった。

祖母がなにか感じ取ったように視線を向けてくる。覗《のぞ》かれてはまずいものを隠すように目を逸《そ》らして、そそくさと離れる。頭だけが浮いているように錯覚しながら廊下を移動して、どうにか部屋に戻る。明かりの落ちた部屋の中心を見つめていると、目がくるくると回るようだ。

いけないいな、いけない、と大きく息を吸っては吐く。

家族には絶対知られたくない動揺だった。

少し落ち着いてから鞄《かばん》を置き、流れるように椅子に座り込む。

大きく息を吐くと、強《こわ》ばった肩が縮むようだった。

両足を抱くようにしながら、椅子の上で緩く前後に揺れる。制服を着替えていないことに気づいたけれど、椅子の上から動く元気もない。そうしているとすぐに、先輩のことが頭に浮かぶ。好きなの、なんて声まで再生されて、耳が火照るのを自覚する。

と、と、とと心臓が軽快に跳ねていた。

先輩について詳しいと自信を持って言えるわけではないけれど、こういうことでからかう人ではないと思う。思いたい。なにより面と向かえば、真剣であるのは伝わってきた。

握られていた右手を見下ろす。触れてみると、手のひらはまだやや熱い。

先輩の熱がそこに残っているかは分からなかった。

先輩の顔を思い浮かべる。

先輩のことをそんな風に見たことはあっただろうかと振り返る。

「……………………」

覚えているはずもない。特別、仲が良かったようにも思えないのだ。

そりゃあ、声はかけるし話もするし、打ち上げでも楽しかったけれど。

それは先輩と後輩の間にある、友情ともまた違う関係性によるものだと捉えていた。でもあの時も、その前も、たくさんの時に先輩からは違うものが見えて、感じていたのだろうか。

「えぇ……」

思わず頭を振る。薄皮一枚というほどでもないけど、隣に別世界があったなんて。

室内はずっと閉め切っていたからか、空気も停滞したように少し生温《なまぬる》い。その空気を静かに吸い込んで、吐いて、焦燥を続ける心臓をなだめる。そうしている間にも、じわじわと下から上へ、顔が熱くなってくる。見えないお湯の中に頭まで浸《つ》かっていくようだった。

ぼうっとする。

そういうものがあるとは、噂《うわさ》で知っていた。人の恋愛事に興味を持ちたがるような同級生が、出所の分からない噂話で盛り上がっているのを教室で聞くことはある。隣のクラスの誰かが、校内で同級生の女子と手を取っていたとか、指を絡めていたとか、唇をくっつけ合っていた、とか。人の見えるところで本当にそんなことをするとは思えないから、どれも信じるに値しない。

そう思っていた、けど私はついさっき、先輩に手を握りしめられていた。

あり得ないと感じていたことは、あり得なくなかった。

少しどころか、他になにも考えられないくらい頭がいっぱいになっている。実際、どれくらいまで返答を引き延ばせるのだろう。少しって曖昧だと自分で言っておいて後悔する。

一週間待っていたら先輩、怒るだろうか。でも一ヶ月くらい考えたい問題でもある。

分からないことしかなかった。習い事に通えるはずもなく、学校の勉強でも補えない。受け止めて、自分で考えて選択するしかなかった。練習だって一つもない、ぶっつけ本番だ。

私は正直、そういうものには弱かった。

目標があって、努力を重ねて、結果を出す。

そういうことは得意だと自負しているけれど、いきなり結果を求められると困る。

いや普通、みんなそうかもしれないけれど、たまにいるのだ。

突然の出来事もなんとなく、なんとかしてしまう。

私はそういう人間ではない。だから、先輩は凄《すご》いな、と思う。

誰かに好きだ、なんて言えるなんて。

これまでに、他の誰かにも告白したことあるんだろうか。

ぽやっとしていて、恋の経験は多いのかもしれない。

先輩は、私が好きだと言った。そこだけを意識すると、自然、膝に顔を埋めてしまう。

「……そうなんだ」

他の後輩たちとは別に、私を見ていた。見ている。

好ましく思っている。

どこをだろう。顔、或《ある》いは仕草？　雰囲気、髪。他になにかあるのかは、先輩にしか分からない。聞いてみたい気もする。でも面と向かってそんなことを丁寧に話して貰《もら》って、逃げないで聞き終えることができるだろうか。

『沙弥香ちゃんのね、顔が好きなの。綺麗《きれい》だもの』

ぐ。

『沙弥香ちゃん優秀だもの。学年はおいといて、私より先を歩いてくれそう』

む。

『理想のためにがんばれるところ、そういう凜《りん》とした姿勢、姿……大好き』

り。

勝手に想像して参ってしまうなんて。それとも今のは、私の心を覗《のぞ》いたのだろうか。

つまり、そういう人が私の理想？

先輩はどうかな、と比較する。顔は……綺麗だと思う。他はどうだろう。

真剣に考え始めている自分に、はっとなる。

「……私は、うぅん」

そういう関係が嫌なら、嫌悪感が真っ先に来るなら、悩む必要もない。

すぐに断るという気持ちにならないということは、つまり、私も。

想像して、膝に突っ伏す。真っ暗な中で、自分の足を強く抱きしめた。


翌日、学校に行きたくないという気持ちを久しぶりに感じる。眠ったはずなのに頭はぼんやりと微睡《まどろ》み、重苦しい。結局、昨日の夜は勉強なんてできなかった。

それどころじゃなかった、というのも……大いに困る。

いくら大変な出来事があっても、自分を高めることを疎《おろそ》かにしてはいけない。

「まいった……」

先輩のたった一言で、ここまで生活が揺さぶられる。

力という字も意味も理解していたつもりだったのに、本物を体験した気分だった。

せめて家族には不審がられないよう努めて振る舞い、玄関で靴を履く。その途中、見送りに来るようにブチの猫が姿を見せた。二匹の猫はそれぞれ、祖父母に少し似ていると思う。動物もやっぱり、世話をしている人の気性に影響されるのかもしれない。

こちらの猫は祖母寄りだ。振る舞いがきびきびとして、あと、視線が鋭い。

見透かしたものをその目で射抜くように。

「……行ってくるね」

猫に挨拶して家を出た。猫は無言で私を見送った。

乗った電車が早く着くことを願ったことはあっても、六時間ほど延長して走ってほしいと思うのは今日が初めてだった。先輩も当然、学校にやってくる。学年は違うし、部活動も引退したと来て意識して会おうとしなければ多分、鉢合わせることはない。

「意識して会いに来たらどうしよう……」

先輩と私の少しに大きな差がないことを祈って、外に目をやる。

私の気分なんて関係なく、空は青々としていた。

教室に入ってからも、ふわふわとしたものが抜けきらない。周りからいつもと違うとか、そんな目で見られていないだろうかと気になる。でもそれを確認しようとしたら余計に不審がられそうで、素知らぬふりに励むしかなかった。

板書をノートに書き取りながら俯《うつむ》いていると、ふとしたときに先輩の声が再生される。

先輩も今、同じような気持ちで授業を受けているのだろうか。

私の返事を不安になりながら待っているのだろうか。

試験の結果を待つような心境なのかもしれない。そうした先輩を想像すると、あまり長引かせることはできないと思い直す。したいけど、できない。

思い詰めるように前のめりになって、机が目の前いっぱいに広がっていて。

はっとして、座り直す。

授業の最中も、ふと気を抜くと先輩のことばかり考えている自分がいた。黒板の前にいる先生の話なんて半分も耳に入っていない。

まるで、もう恋して夢中になっているみたいじゃないか、と愕然《がくぜん》とする。

頭を軽く振って、先輩とのことをひとまず忘れようとするものの、勿論《もちろん》そんな器用にはいかない。ノートの端を見つめては同じことをぐるぐると考え込んでしまう。

そんなことが一時間目、二時間目と続いていけば、不安は募る。

授業どころではなくなっている。これが続くと成績にも支障を来すのは確実だった。

優秀であるという自分への戒めのようなものが、崩れていく。

なんとかしないと。

でも、どうしたいんだろう。

違和感、不安、戸惑い。前向きとは言いがたい気持ちが混じっては心を乱す。

結局、放課後までそんなことが繰り返された。先輩がやってこなかったことだけが幸いだったかもしれない。部活という気分ではなかったけれど、休むわけにもいかなかった。今日はろくに授業を受けた気もなくて、これで部活動まで休んでしまえば、自分は大きく後退してしまうように思えてならなかった。だから、振り切るように席を立って教室を出る。

先輩に会わないことを願いながら音楽室へ向かい、いつもの自分を意識して振る舞う。合唱部の部員たちの目が私に向くと、内心、警戒していた。先輩に告白されたことを知られていないかと、あり得ないけれど心配してしまう。誰も、そんなこと言うはずないのに。

でも考えつかないような気持ちを、柚木先輩はその笑顔の下に秘めていたのだ。

日常の書き割りのように思えていた、およそ関わりの薄い他人さえ、特別な存在感を伴って見えてくるようになる。恋をすると人が変わるとか、たまにそんなお話を見る。恋したのは私でなく先輩なのに、引っ張られるように私の物の見方まで変わっていく。

もしかすると、凄《すご》い力のようなものが働きかけているのかもしれない。

校舎の中でそんな力が一気に溢《あふ》れかえったら、地平でもねじ曲がるんじゃないだろうか。

そんな、馬鹿げた想像をしてしまう。

部活動が終わってから、帰りの電車にそそくさと乗り込んで、上手《うま》く空いた席に座ることができて安堵《あんど》する。今の私が電車の中で立っていたら、気が抜けたときに膝から崩れてしまうかもしれなかった。

揺れる電車に身を任せるように、いつもより身体《からだ》が動く。

走り出した電車の、向かいの窓にさぁっと日が差す。傾き始めた日は橙色《ひいろ》を微《かす》かに含んで、日没が早まっていることを告げる。秋が深まり、冬がやってくるのも遠くはない。

今年の冬は、どんな様子を迎えているのか。

自分の隣に先輩が立つ様子を思い描く。先輩は、私の知る笑顔を浮かべている。

関係が変われば、また違う表情を見せてくれるのだろうか。

「…………………………」

少し、見てみたい気がした。

その気持ちは混迷の中でほんの少しだけ、明るいものが差すような感覚を伴った。

でもそれはすぐに、溜息《ためいき》にかき消される。

徒労のような、失意のような……とにかく、落ち込んでいた。

先輩のことばかり考えて、一日が過ぎようとしている。

恋愛事一つ割り込んできただけで、とても平静ではいられない。自分は案外、冷静な人間でもないようだった。もっと色々上手《うま》くやれるような自信を持っていたけど、やや揺らぐ。

傾いた頭が、丁度、日差しを正面から受け止めた。

駅から家までの間も、当たり前のように先輩のことを考えていた。

主に、先輩のことが好きなのかを自問していた。

そこがはっきりすれば、なにも悩まなくて済む。

川底の石を一つずつ掬《すく》い上《あ》げるように、問題を紐解《ひもと》く。

女同士に抵抗はあるのか。

正直、落ち着いてみるとそこまでない。

そういう問題ではなく、純然たるものが間にあるかだった。

つまり、先輩と私の間にあるものが大事なのだ。

私にはそれが見えてこない。

もしかすると私には、誰かを好きになるということがまだ分かっていないのかもしれない。

先輩に聞いてみれば、どういう正体でどういう感覚か分かるのだろうか。

問いかけている間に影は伸び、町は焼けて、家に着いていた。

門をくぐると、右手側に人影が見えた。祖母がブチの猫を抱きながら庭を眺めていた。視線の先には木々があり、色づくには早い枝葉が風を受けて踊っている。祖母はすぐに私に気づいて、少しだけ目もとを和らげる。

「おかえり」

祖母が促すように背を撫《な》でると、猫も鳴き声をこちらに向けた。

「ただいま」

少なくとも、昨日よりは自然な仕草で挨拶できたと思う。猫にも小さく手を振る。

そのまま家へ入ろうとすると、祖母がまた声をかけてきた。

「なにか問題でも起きた？」

「え」

唐突に、見透かされて足が止まる。祖母が猫と同じように澄ました顔をしていた。

なんで、分かったのだろう。

「そういう顔をしているから」

胸中が筒抜けであるように言われて、隠さないと、って焦る。

先輩のことまで筒抜けになったら大変なことになってしまう。祖母が猫を抱いたまま、私のほうへ歩いてきた。真っすぐ近寄ってくるその佇《たたず》まいは、歳《とし》を重ねても変わることない。

「好きな子でもできた？」

当たらずとも遠からずな話題で、祖母の眼力に激しく驚かされる。

「通ってるの女子中」

「そうだった」

祖母が珍しく、悪戯《いたずら》を見つけられてはしゃぐように、幼げな表情で肩を揺する。

「学校は楽しい？」

「え、うぅん……まぁ」

「珍しい子だね」

祖母としてはやや予想外の答えだったらしい。

勉強を苦に感じない性分なので、学校も悪い場所ではない。電車通学は少し辛《つら》いけど。

「勉強は嫌いじゃないから」

「なんて立派な孫だろう」

祖母が軽薄に感動してくれた。誇るのも難しくて、先ほどの祖母みたいに庭の木を見上げる。

学校の中庭に生えている木と似ているように見える。葉っぱの向こうから光が入り込んできて、目を細める。逸《そ》らしたり、瞑《つぶ》ったりするほどには刺々《とげとげ》しくない黄昏《たそがれ》が、私を覆っていく。

「なにを悩んでいるかは分からないけど、また昔みたいにやってみればいいと思うよ。大人になると、新しいことなんてそうそう始められなくなる。今のうちだけだよ」

祖母の忠告が夕焼けに混じる。風に煽《あお》られたカーテンの端が頬を撫《な》でるように。

「大人は色んなことの結果を知ってしまっているからね。だから臆病になる」

色んなこと。

女の子が、女の子に恋すること。

先輩に快く応える。先輩は喜ぶ。明るいものに満ちて、けれど。

その先に臆病になるような結果が、待っているのだろうか。

「だから私は庭を眺めてばかりで、お爺《じい》さんは猫を追いかけてばかり」

祖父の方は単に猫好きなだけではないのか。

「そういうもの？」

「そういうもの」

祖母の声は年季を重ねて、確かな肯定を生む。

それは澱《よど》んでいく私の心に、水滴のように表面を打つ。

「学校の話から、唐突だったような」

「ああ、あれはただの挨拶。たまには孫と長く話したくなる。これも、そういうもの」

祖母が淡白に言う。いつも話しているじゃない、と思ったけど確かに挨拶や小言以外が交わされる回数は減ったかもしれない。表に出さないけれど、祖母は寂寥《せきりょう》を感じていたのだろうか。

ここにいない祖父と合わせて、そこには以前よりも距離があった。

それは私が成長するにつれてどうしようもなく生まれる、心の隙間のようなもの。

そして気づいたときくらいはこうやって、埋めたくなる。

「私も、話せてよかった」

教えというほどではないけど、背中を押してもらえた気がした。

祖母の言う通り、結果どうなるかは分からない。それを誰かのせいにもできない。それでも、誰かの言葉を貰《もら》えるというのは、ひとりぼっちに思える心には大きな助けとなる。

祖母は少し頬を緩めて、猫の背を優しく撫《な》でた。

私と祖母と猫。

みんな穏やかに、少しずつ歳《とし》を取る。

夕日に包まれた家の景色だけが、昔の面影を伸ばすのだった。


その夜、私は悩みぬいて答えを出す。

その答えが揺らがないうちに、先輩に伝えたくなる。

夜が明けるのを、ただ遠くに待った。


行きの電車に揺られながら、そういえばと気づく。

私は先輩の電話番号もまだ知らない。

知っていることの方が多分、少ない。

だからこそ、距離を詰めて、触れ合って、知ってみたいと思うのかもしれない。

学校に着いてから、朝一番に向かうか迷う。私としてはすぐに返事をしたかったけれど、先輩にも都合はある。そもそも先輩がまだ学校に来ていないということもあり得る。

そういうわけで、階段を見上げながら足を止めていた。

ただ伝えないと、気になってまた授業が疎《おろそ》かになるのが想像できた。

だから、行く。

意を決して階段を上がり、三年生の教室が並ぶ廊下を行く。委員会等の用事以外でここへ来たのは初めてだった。知らない顔の中に時折、合唱部の先輩方が交じる。目が合うと、「あれ？」と私の姿に疑問を発してきた。「ええちょっと」とその度に曖昧な笑顔で受け流す。

先輩の教室も知らないな、と表札を見上げながら目的地を見失ったように足がさまよう。川にでも流されているように足もとが不安になっていると、「沙弥香ちゃん」と呼ばれて飛び跳ねそうになった。息を止めていることに気づきながら、そのまま左を向く。

教室の入り口に、柚木先輩がいた。三日ぶりに向き合ったけど、そんな時間は感じさせない。ついさっき、中庭で別れたような錯覚があった。

「おはようございます」

なにはともあれ、挨拶する。声はやや高い。もう少し抑えないといけなかった。

「おはよう……私に用事？」

その問いに混じるのは期待と不安、どちらが大きいのだろう。

「そう、です。先輩に会いに来ました」

通りかかる上級生は、見つめ合う私たちをどう見ているのか。

先輩は「うん」と頷《うなず》いて、やや緊張を示すように表情を硬くする。私の言葉を待っている。けれどちょっとここでは、と周囲を見やる。

「中庭に行きませんか」

今大丈夫なら、と目の動きで問うと先輩は「そうしましょ」とすぐに同意する。

「そんなに時間ないけど……」

先輩が授業までの時間を気にするように、教室を振り返る。

「すぐ済みますから」

既視感のあるやり取りだった。先輩が横に並んで、一緒に歩く。

敢《あ》えて極力、先輩の方は見ないようにした。

先輩も無言で、時々、視線を感じた。

外の景色が見えてからは並ぶことなく、先輩が少し後ろを歩くようになった。中庭なんて今までなんの用事もなかったのに、これからは先輩との思い出の場所になってしまうのか。

煉瓦《れんが》の敷かれた中庭を歩くと、気持ちと裏腹に足音が高い。

先輩の足音も重なるように後ろに続いた。

朝の中庭、噴水の側には当然だけど誰の姿もない。でも日に満ちて、葉が揺れて、気持ちのいい場所に仕上がっている。先輩と出会わなければ、その風光を感じ取ることなく卒業してしまっていただろう。人との関わり合いが、新しい時間を作る。

噴水前まで来て、足を止めて振り返る。先輩が「わ」と慌てたように立ち止まった。

胸の前で手のひらを見せながら、控えめに一歩、二歩と先輩が下がる。

「いいですか」

先輩の言う通り、時間が押している。心の準備なんてお互いしている余裕がない。

「どうぞ」

先輩が背筋を正して、まるで後輩みたいに私の言葉に反応する。

少しおかしくて、こちらも緊張がほぐれる。

「最初にしっかり、話しておきたいことがあります」

「うん？　うん」

段差でも作るように、強い前置きを作る。先輩には響かないのか、反応が薄い。

「私は今、柚木先輩のことが好きなのかは分かりません」

たくさん悩みましたけど、と付け足す。先輩は少し申し訳なさそうに俯《うつむ》いた。

「ごめんね、部長になって忙しいのに」

「えぇとそれは、はい」

先輩の足が位置を細かく変える。

前置きでやや沈みそうな空気を、どうにか、掬《すく》い上《あ》げようとする。

「でも、先輩に告白されたことは、その……嫌ではない気がします」

気がするというのは嘘《うそ》で、嫌なものなんてなかった。

誰かを好きになった先にあるものを、見てみたい。

「だからお試しというのも変ですけど……付き合って、色々、知れたらいいなと」

先輩の告白に対して、やや素直でない返事なのは卑怯《ひきょう》だろうか。

けど先輩にも意味は伝わったようで、ぱぁっと、瞳が花開くように彩りを増す。

「沙弥香ちゃん」

声は潤むように瑞々《みずみず》しい。でもちゃん付けなんだ、と挟まるものがくすぐったい。

朝の爽やかな空気に、べたついたものが紛れるのを感じる。喉や顎の下に渦巻くそれは未体験の感覚で、これが恋人同士の空気というものなのかなとやや据わりの悪さを覚える。

……気が早いだろうか？

だけど返事はして、受け入れた。

先輩のことを好きになるために恋人になる。順番に、誤りを感じる。

でも今更なかったことにはできない。

先輩が私の手を取る。お互いの指が絡むように、距離を限りなく縮める。

噂《うわさ》がまた一つ、事実になる。

先輩は頬を淡く染めながら、お互いのすべてを祝福する。

「憧れてたの、こういうの」

「……どういうのですか？」

私の疑問に、先輩は具体的でない笑顔で答える。

「よろしくっていうのも変だけど……よろしくね、沙弥香ちゃん」

「……はい」

立ちすくんだままの返答は声がやや俯《うつむ》く。

先輩に名前を呼ばれて、耳がざわざわとする。

だけどそれは、いつかの時と違って仄《ほの》かな熱にも満たされていた。


その日の夜、付き合うという言葉の意味を辞書で引いた。

確認してから、しばらく眠れなくなった。


「沙弥香ちゃん、お待たせ」

翌日の昼休み、先に着いた私は先輩を待っていた。場所は昨日と同じく中庭。

場所も時間も、別れる前に先輩が指名してきた。

曇り空を見上げていたら、先輩が慌てることなく穏やかにやってきた。

「待った？」

「はい、少しだけ」

「ごめんね」

「いえ、先輩の方が教室から遠いですし」

それに先輩が廊下や階段を走ってくる様子は想像できない。

噴水の側にあるベンチに腰かけてから、先輩が堪えきれないように破顔する。

「待ち合わせがしてみたかったの」

綿飴《わたあめ》でも頬張るように、ふわふわとした笑みだった。

ああ憧れてたんだ、とこちらも笑いそうになる。

「秘密の関係って、なにかいいよね」

「あはは……」

秘密にしては随分とオープンな場所だ。四方どこからでも私たちが見える。

いつ教室の同級生が私のことを噂《うわさ》にしても不思議じゃなかった。

「沙弥香ちゃんはどういう本が好きなの？」

かくして、彼女と彼女の会話が始まる。経験はないから想像だけど、お見合いみたいな会話の選び方だった。

「評論とかは結構読みますけど」

二人並んで座る私たちは、周りからどう見られているのだろう。部活の仲のいい先輩と後輩？　それとも先輩の望む通りに恋人同士？　返事をしながら、私は先輩との間にあるものに思いを馳《は》せる。昨日までと変わったものはなんだろう。

探るように、近くで先輩を見つめる。

「そういうのかぁ」

先輩のやや困ったような笑顔を受けて、なにか間違えただろうかって気になる。

「小説はどういうの読むかなって」

ああそういう、と自分の誤りを教えられる。先輩にとって本というのは小説なのだ。

でもどうしよう、と一度目を逸《そ》らす。本当のことを言っていればいいのか。

それとも、先輩に合わせるのが正しいのか。

迷ってから、正直に答える。

「小説はあんまり……」

小説に限らず、映画やドラマといったフィクションにはさほど惹《ひ》かれなかった。作り物を否定するわけではないけれど、そういったものは触れようとしても遠くに感じられた。

でも先輩はそうじゃないみたいで、曖昧に笑っている。

「この間読んだ本が面白かったから、沙弥香ちゃんにも薦めようかなって思ったんだけど」

ああそういう、と先程と同じように合点する。そして、今度はあまり迷わなかった。

「読んでみたいから、教えて貰《もら》えますか？」

読んでみたい、というのは半分嘘《うそ》。でも、半分は本心だと思う。

本を通して先輩のことを知るべきだ、という思いがあった。友達や家族ともまた違う立ち位置の相手について、無知であってはならないという焦りがあった。

そして聞かれた先輩が嬉々《きき》として話し出すので、これでいいんだって思えた。

その日の帰り、電車を降りてから早速、本屋に寄り道する。青果店の隣にある、さほど大きくない個人書店だった。時間帯の関係か、本屋より青果店の方に人が集っていた。

「いらっしゃいませ」

本屋に入ると、眼鏡をかけた中年女性に声をかけられる。レジにはお婆《ばあ》さんが座っていた。お婆さんは目を細めているのか、元々細いのか判然としない。店内を軽く見回した後、店員に本の場所を聞こうか少し悩んで、自分で探すことにした。

そんなことで知られるはずもないけれど、先輩とのことは極力、周りに広げたくなかった。

先輩の声を反芻《はんすう》するようにして、出版社と作家名を思い出す。

「作家名は確か、林《はやし》……」

本棚を指で追う。著者名の順に並ぶそれを確認して、三段目に来たところで行に着く。あった、と作家名を指差す。林錬磨《れんま》。著作がずらりと本棚を埋めている。寡聞なので今日初めて知った作家なのだけど、随分と人気があるみたいだ。先輩の紹介と一致したタイトルも発見する。棚から抜き取ると、整った小さな空洞が生まれた。

もしもそれが私の本棚に出来たのだとしたら、すぐに埋めるだろう。

なんとなく、そうしないと落ち着かない。

本をレジに持っていく。担当するお婆さんはうちのきびきび動く祖母と比べて、やや緩慢に作業する。それを待っていると、女の子の「ただいま」という声が聞こえて振り返る。制服を着た女の子に、女性店員が気さくに対応している。距離感から、この家の子であるのを察した。同じく中学生だろうか。

やや小柄に見えるので、学年は下かもしれない。

女の子はレジに立つ私と目が合うと、会釈するようにした後、のれんを潜って奥に入っていく。私も支払いを済ませて本屋を出る。本屋の子供は本を読み放題なんだろうか。外に出ながらそんなことを考える。

「店のものだし、それはないか」

それに、本に囲まれているからといって、本が好きとも限らない。

本屋の子供は、なにを意識して生きてきたのだろう。

そんなことが、少し気になった。

家に帰る。乗る電車を合わせているからか、門の前で迎える景色はいつも大差ない。でも今日は本屋に寄ってきた分、日が傾いている。昼の中に、やや黄色がかった明かりが混じり始めていた。

些細《ささい》なことではあるけど、これも先輩と付き合わなければ見られなかったものだ。

ぼうっと、その景色と向き合った。

部屋に戻ってからベッドを一瞥《いちべつ》する。昨日は、寝付きがよくなかった。身体《からだ》がやや気怠《けだる》いけれど、今日もあまり眠れそうにない。先輩のことについてばかり思いを巡らせて、結局なにか答えが出ることもなかった。

鞄《かばん》を置いて、着替えてからすぐに買ってきたばかりの本を手に取る。

宿題に手をつける前に、先輩に勧められて買った小説を開く。

読み進めようとして、はっと顔を上げる。

自分が勉強より優先するものを選んだことに、遅れて驚く。

誰もいるわけじゃないのに、急に気恥ずかしくなって左右を見回す。見慣れた部屋がいつもより明るく見えて、目の置き場に困った。幸い、部屋には猫もいない。ほっとする。

家でも学校でも、先輩のことが一番になってしまったらと考える。

少し、ぞっとしない。

それは今の私と、まるっきりの別人だからだ。

落ち着いてから眼鏡をかけ直す。家ではいつの間にか、眼鏡をかけるようになっていた。ふと見下ろす手も少し大きくなったし、椅子だって丁度いい大きさになる。

だから恋人だってできる。

「恋人……」

呟《つぶや》きながら目元を押さえる。改めて、慣れない関係だと実感する。

お婆《ばあ》さんになっても、私は先輩と一緒にいるんだろうか。……気が早すぎるし、深く考えすぎかもしれない。でもいつか別れるとしたら、今、私は何をそんなに一生懸命になっているのだろう。考え出すと暗い穴に足を引っかけるような気分になってしまい、打ち切る。

遠い将来のことより、今やるべきことに関心を開くべきだ。

だからと、小説を開いて読み進める。

最初は撫《な》でるように軽く、けれど次第に引き込まれるように深く、読み進める。

小説の内容は優しい恋愛でも爽快な青春群像劇でもなく、殺伐としたミステリーだった。硬派な文体で生々しい生き様を筆致している。容赦なく人は死んでいくし、裏切るし、騙《だま》される。凄惨なその話に時折、嫌悪感を抱くのはそれだけ描写が巧みなのだろう。

「意外」

最初の感想は本自体よりも、先輩の嗜好《しこう》へのものだった。なんていうか先輩は声が甘ったるくて、ふわふわとしていて、こういうお話の雰囲気とはまるで無縁に思えていた。遠くの誰かが幸せになるのを見て憧れるような、そんな人だなって勝手に考えていた。

実際は、こういう本を薦めてくるような人なのだ。

なかなかの不意打ちだ。

柚木先輩の柔らかい髪の端っこが、不気味に曲がる様を幻視する。

それから夕飯を挟んで、九時を迎える頃に読み終える。あとがきは簡素な近況報告と礼だけに留《とど》めて、作家の実像を窺《うかが》わせない。文章の堅苦しさに合わせているような作りを感じた。

本を閉じて、俯《うつむ》いたままで固定されていた背中や腕を伸ばす。部屋の明かりもやや刺激的で、使い込んだ目に染みる。椅子から離れて、そのままベッドに寝転んだ。

仰向けになると、呼吸が骨に寄り添うのがよりきめ細かく感じられる。

息を吸って吐く度、あばら骨の存在を意識する。

読み終えた小説でナイフが骨にまで到達していたときの描写を思い返し、顔をしかめるのが分かった。

先輩は、案外、刺激的なものを好む。

私に恋したのもその一つかもしれない。

刺激が欲しくて恋をした、というと先輩が遊び人みたいになってしまうけど。

……案外、そういう人だったりするのかも?

先輩を知り、先輩を疑う。いや、私の中にできあがっていた先輩が怪しくなる。

先輩のことを一つ知った。だから私は先輩のことを、また一つ好きになっただろうか。

どうだろう、と心の中に問う。真っ暗闇で、形のいい石を並べては確かめるように。

意外性があるのは、うん、いいことだと思う。

応用問題に取り組むみたいで、答えを追ってみたくなる。

そうして追っていった先に、本当の先輩がいるんだろうか。……あれ、じゃあ普段見ている先輩は偽物？　私は偽物の先輩と恋愛始めているのか。なんだか、気分がざらつく。

分かってはいる。外に見せる顔が本当の自分とは離れていることくらい。

私だってそうだ。本音を剝《む》き出《だ》しにしているのは、人間らしさに欠けている。

でも偽物同士で顔を見せ合うのが、恋愛関係なのだろうか。

……分からない。

さすがに祖母や家族にも相談できることではなく、答えは自分で見つけるしかない。多くの結果を知った大人ではなく、今、十四歳の私なりに手探りしていくしかないのだ。

それが大人になるってことだと思う。

とても、難しいことだけど。

分からないことが多くて、身体《からだ》までふわふわする。

平穏な水面にただ浮かんでいた、いつかの日を思い出すようだった。


「先輩、薦められたのを読んでみました」

翌日、先輩と会ったときに早速、その話を切り出した。先輩は少し驚いていた。

「早い」

「本屋に行く用事があったから……」

嘘《うそ》を吐いた。どうしてごまかしたのだろう。

先輩のことをもっと知りたいから一日でも早くと思って買いに行きましたと素直に説明するのが恥ずかしいからか。恥ずかしいに決まっていた。

「じゃあこれ、ムダになっちゃったか」

先輩が鞄《かばん》から、文庫本を一冊取り出す。昨日買った本と同じものだった。

「読みたいって言ったから、貸そうかなと思ったの」

「ああ……」

先走ったかもしれない。

「お気持ちだけいただきます」

「そうしてね」

先輩が本をしまって、気を取り直したように感想を求めてくる。

「どうだった？」

ここで、つまらなかったですとか、趣味じゃないですって言ったら先輩との仲はあっさりお終《しま》いになるのかもしれない。そんな脆《もろ》くていいんだろうか、恋人の関係って。

「面白かったです」

私の無難な感想に、先輩が頬をほころばせる。頭をまるで使っていないような、ありきたりな言葉だけどこれくらい簡単でいいのだ。

変に難しいことを言って、伝わらないよりはずっといい。

「思ったより過激でしたけど」

「そうだよね。私、普通に読んでいたら何回も騙《だま》されちゃって、そういうところ面白いなぁって」

会話がうまく繋《つな》がっているのか、いないのか。

それはともかく、なるほど、と思った。

「先輩は騙されるのが好きと」

珍しい嗜好《しこう》だ。私はもちろん、騙されるのは嫌である。

「沙弥香ちゃん？」

考え込んでいる私に、先輩が首を傾《かし》げる。

「先輩を騙すための嘘《うそ》を考えています」

嘘をつくというのは難しい。まるっきり、一つとして本当のことがない嘘なんてついたことがないと思う。本当のことも少し混ぜないと言葉に芯がないような、そんな不安を伴う。

誰かの評価を借りれば、私は真面目なのだろう。

なんて、私がちゃんと考えている素振りを見せると、先輩は急に笑い出す。

「どうかしました？」

「沙弥香ちゃんって、思っていたよりずっと面白い子なのかも」

「まだ嘘ついてないんですが……」

先輩は既にしっかり笑っている。……うん。面白がってくれたみたいだ。

本の感想で共感して、下手な冗談も添えて、先輩が喜ぶ。

そこには私もまた、満たされるものがあった。

めでたし、めでたし。

……なのだろうか。

考えるまでもなく、嘘をついていないというのが、嘘だ。

本当は、小説を読んでもそこまで面白いとはやはり思えなかった。

でも先輩は正直に話すより、嘘をつかれた方が満足するだろう。

先輩は、こういう私が好きなのだろうか。

それなら、本を読む前の私は好きじゃなかったのだろうか。

勧められたものを受け入れて、指先から上書きされていく。

今までを築き上げてきた過去が風化して、散っていく。

これから付き合いが深まれば、それが止まらなくなると思うと足元がぐらつきそうになる。

「……先輩」

半年後、先輩の隣にいる私はきっと別人だ。

「なぁに？」

「また面白い小説を読んだら、教えてください」

心にもないものが、自分の内側から、すらすらと表れる。

どこから生まれてくるのだろう。

「うん。沙弥香ちゃんもね」

「はい」

読まないって。

ただ私は、先輩が好きだと言ってくれるならそれと向き合おうと思う。

応えようと思う。

今までの自分というものが掠《かす》れていくとしても。

少しずつ相手の望む自分に変わっていく。そこに恐怖や疑問を抱かない。

それが、誰かと恋をするってことなんだろうか。


今更なのだけど、柚木先輩の下の名前は千枝《ちえ》という。

私もこれまで先輩先輩、柚木先輩と呼び続けて、意識し続けてきたので頭の中から抜け落ちていた。なぜそれを急に思い出したかというと、校内で見かけた先輩が、周りにいた友達にそう呼ばれているのを聞いたからだった。

「先輩、友達からは下の名前で呼ばれているんですね」

昼過ぎに感じていたことを、放課後までずっと抱いて暖めておく必要がある。

先輩は電車通学ではないし、上級生だし、急《せ》かされるようなこともないし。

そんな諸々《もろもろ》の環境の差もあって、先輩と出会えるのは平日、校内、昼休みか放課後と限られる。一日の中では決して多くない時間だ。先輩はそれで満足なのだろうか。

「沙弥香ちゃんはそうでもないの？」

「そうですね……」

呼ばれることは珍しくないけれど、呼ぶことはない。

「学年ごとのギャップかな？」

「そこまで大げさなことじゃないと思いますけど」

こういうのは個人の資質によるものだろう。

「……………………」

私も下の名前で呼んでみるべきだろうか。

友達が名前で呼んで、彼女が名字なのは距離感として逆ではないかと思う。

でも、と思案する。

「沙弥香ちゃん？」

仮に呼ぶとしても、呼び捨てにすればいいのか悩む。年上を呼び捨てにするのは私の感性にない。試しに千枝、と隣の先輩を呼ぶ自分を想像してみると違和感しかない。

じゃあ千枝さん？　畏《かしこ》まりすぎというか、気取っているというか、こちらはこちらでおかしい。私もそうやって呼び続けて会話できる自信がない。

千枝先輩。呼ぶとしたらこれが妥当かな、と思う。口の中で転がしてみると、くすぐったい。心の置き場に困る、そんな呼び方だった。

なに千枝先輩って。

呼べば目の前のこの人が、まったく別に見えてくるように思えた。

……どれも、難しいと諦める。

「やっぱり先輩は先輩でいいかな、と思いました」

途中を省いたから、赤裸々に話したら私が耐えられないので当たり前だけど、先輩がきょとんとしている。それでも先輩は理解してくれようとしているみたいで、難しい顔になる。

「感動的なこと言ってる？」

理解しなくていいです、と俯《うつむ》いた。

「先輩と出会えてよかった的なやつなんです、多分」

違う。

「お昼休みに沙弥香ちゃんと会えるの、楽しみにしてるよ」

こちらの照れ混じりのごまかしと違って、面と向かってそんなことを言える先輩が少々羨ましい。でも会話がちょっとずれている気がした。

「二人の間だけの秘密で繋《つな》がっているって、素敵と思わない？」

「はぁ」

この間も口にしていたけど、秘密の関係というものがお気に入りみたいだ。私にはあまり響かない。秘密にするということは、後ろめたいものがあるということだ。そうなのだけど。

そんな繋《つな》がりは、少し引っ張ればぶつんとちぎれてしまいそうだった。

「先輩、一つ聞いてもいいですか？」

「はいどうぞ」

にこにこしている先輩は、同学年か、下手をすると下級生でも相手にするみたいだ。少し肌寒さを感じ始める秋の風に背中を叩《たた》かれながら、その空気を含んで、私が言う。

「先輩は、私のどこを好きになったんですか？」

それをはっきりさせておかないと、これからどうしていけばいいのか方針が立たない。

聞くのは正直恥ずかしいけれど、避けては通れなかった。

「え、えぇー」

先輩もさすがに直接的すぎてか、身をよじって落ち着かなくなる。目も逃げる。その仕草はこちらにも羞恥を伝搬する。噴水の音が鮮明に聞こえ始めて、繊細になっているのを感じた。

「困っちゃうな」

「気持ちは分かります」

私だって、例えば恋人に急にそんなことを聞かれたら答えに窮する。

……どう答えるだろう、と少し考える。

私なら顔と答えるかもしれない。人はまず、相手の顔を好きになる。思えばそれも不思議だ。

手足と顔の違いを、私たちは当たり前のように理解している。

美醜の価値の差に納得している。

手が世界で一番綺麗《きれい》でも顔の具合がでこぼこだったら、その人は多分恋の対象になりづらい。

顔は、大半の人の中で特別扱いだ。

丁度、目の高さのあたりに相手の顔があるからだろうか。

よく見かける場所にはやっぱり、綺麗なものがあると嬉《うれ》しい。

「全部じゃだめ？」

具体的に思いつかないのか、先輩が適当な逃げ道を作ろうとする。

先輩の愛というものがいささか怪しくなってきた。

「参考までに聞いておきたいと思いまして」

「なんの参考？」

「色々と」

先輩に好かれるべき人間により自分を磨いていくための、なんて言えるはずもない。

好かれているなら、どうせならその気持ちに真摯に応えたいものだった。

人の気持ちは、それくらい丁重に扱うべきだと思う。

「そうねぇ……優しいところ？」

「……適当に言ってますよね？」

私は優しくない、とまでは言い切らないけどそこまで温和な方でもない。先輩の方がよほど、人当たりは丸っこいと思う。

「沙弥香ちゃんはいい子だと思ってるよ？」

ほらこういうところだ。話が少し弾むような相手なら、きっとみんないい子なのだろう。

「それじゃあ、これからは先輩にもっと優しくしていきますね」

私の言葉を受けて、先輩が目を丸くする。そして、すぐにまた笑った。

「やっぱり優しい」

冗談を素直に褒められても返事に困る。

「でも優しさなんて、その気になれば誰でも振る舞えると思いますけど」

誰にでも備わるような当たり前の心さえあれば、いくらでも湧き出てくる。

「そんなことないよ」と先輩が柔らかく反論する。

「優しさって色々な形があるもの。私は沙弥香ちゃんの形が好きだな」

「……そう、ですか」

ここでどういうことですか、と細かく聞くのは無粋だとなにかに警告される。

先輩の話はやや観念的で、照れるところなのかもイマイチ判然としない。

「難しそうな話ですね」

「たまにはそういうのもしないと。一応、先輩だし」

一応なのか、と心の中で呟《つぶや》く。先輩が以前に言っていたように、一年先に生まれただけで頼られるというのも結構、しんどいものかもしれない。合唱部の部長をやっていると少し思う。

しかし、結局具体的なものはなにもないのだろうか。なんて、思っていると。

「恥ずかしいけど、ちょっと真面目に言うと仕草が好きなんだと思う」

先輩が片膝に手を添えて、前傾姿勢になりながら私を見る。

「仕草、ですか」

「うん。沙弥香ちゃんの所作はふとしたときに、ああ上品だなぁって感じるの」

「そうですか？」

両手のひらを広げて見下ろす。きっと刷り込まれていて、自分ではよく分からない部分だ。

「習い事は結構やってましたから」

「やっぱり」

先輩は予想が当たったことを喜んで、目を瞑《つぶ》るように細める。

でもそういう子なら、ここにはそれなりにいそうなものだけど。先輩だって、いわゆる、いいとこのお嬢様のような雰囲気は持ち合わせている。先輩の家族構成もまだ知らないけれど。

数々の習い事も、忘れた頃に生きてくる。具体的にそういう結果が出たのは、実は初めてのように思う。過去はどこに繋《つな》がってくるか分からないものだった。

……しかしまぁ、と周囲の景色を眺めて一拍置く。

改めて、女同士でこんな会話が行き来していることにくらくらした。

「そろそろ時間ですね」

校舎の壁に備わった時計を確かめて呟《つぶや》く。位置が高くてさすがに掃除もできないのか、時計の表面の硝子《がらす》は灰色に濁りつつある。けれど時刻は正確に昼休みの終わりを告げていた。

「楽しい時間はすぐ過ぎるね」

色々なところで見かけるような感想を、自分が本当に聞くことになるとは思わなかった。

「……そうですね」

確かに先輩といると色々考えてしまって、時間が経《た》つのは早い。

私なりの、時間の楽しみ方なのかもしれない。

先輩がベンチから立ち上がる。スカートを軽く払ってから、思い出したように言う。

「あ、今日は家の用事があるから、放課後は待たないで帰るね。ごめんね」

「いえ、構いませんけど……」

部活動の終わりまで毎日待たせるのも心苦しい。帰る方向もまったく違うし、電車の都合もあるので待っていてもらっても一緒にいられる時間は短い。部活動の最中も焦ってしまうので、待ち合わせがないとかえって気が楽になる。

こちらとしてはそういうつもりでの返事だったのだけど、先輩はなぜか反応が薄い。

そして、一拍置いて。

「それもちょっと寂しいな」

言葉通り、やや寂寥《せきりょう》を含むように先輩の笑顔に陰が混じった。

「えぇっと」

「あ、いいのいいの。それじゃあ、また明日ね」

先輩が小さく手を振って、先に歩いていく。そうか、放課後に会えなかったら、また明日になるんだ。先輩を見送りながらそんなことに気づく。それから、先輩の発言の意味を考える。

先輩は寂しいと言った。なにがだろう。私の発言も合わせて、ちょっと俯《うつむ》いて。

「なるほど……」

先輩としては、放課後に先輩と会えないことに惜しい気持ちを抱いてほしいのだ。

構いませんけど、は少し冷たかったかもしれない。

つまり、今のは優しくなかったといえる。

「難しいかも……恋人って」

嘘《うそ》も本当にしていかないといけないから。

まだ私は、恋人を演じるような心境で先輩の隣にいる。

……いやむしろ、好きになればなるほど、先輩の望む私を演じようとするのかもしれない。

そこに至ることができるかは分からないけれど、どうせなら、真剣にやりきってみせるという気になる。

難しいことをやり遂げるのは、嫌いではない。


十月が深まる。枝葉の色づきと共に、日と温度が沈む。

噴水の近くにいると、水辺の冷気に身体《からだ》が震えそうになることも増えた。その日も先輩と昼休みに出会い、去り際、手を握られた。誰かに見られたら、というのは先輩としてはあまり考えていないようだった。私は考えた方がいいと思いながら、手を握り返す。

「沙弥香ちゃんの手、あったかいね」

先輩って、フィクションみたいな発言が多いなって思った。

「冬になったら、ずっと握っていたいかも」

先輩はそうした夢でも見るように、発言が煌《きら》めく。握る手はどちらも真っ白だ。

「……先輩は、私を見ると手が熱くなりますか？」

今はひんやりして、その温度差が気持ちいいけれど。

「え？ なになに？」

発言の意図を汲《く》めないのか、当たり前だけど、先輩が意味を尋ねてくる。

……恥ずかしいことを聞いてしまった。

「いえ、なんでもないです」

口から泡が出そうな気分だ。見上げて迎えた空は、水面のように青白い。

過去を映す水鏡のようなそれを、先輩と一緒に眺めた。

先輩と別れて教室に帰る。喧噪《けんそう》の隙間を縫うように、自分の席へと戻った。

「ねぇねぇ佐伯さん」

座った途端、後ろの席の子が話しかけてくる。

「どうかした？」

「昼休みはいつもどこ行ってるの？」

振り向いた首が固まりそうになる。

「最近、すぐに教室から出ていくし」

「えーっと……」

前にも言ったけど、私は嘘《うそ》を吐くのが苦手だ。言《い》い淀《よど》んだためか、同級生は余計に興味をかき立てられたようだ。図書館、いや安易な嘘は重ねない方がいいと判断する。

「先輩に勉強を教わってるの」

先輩と一緒にいたところを目撃された可能性も含めての嘘を述べる。

「勉強？」

「成績を維持するためには、それくらいしないと」

目が泳ぐのが分かった。

「すげー」

真似《まね》できん、と同級生がからかうように笑う。適当に笑い返して、前に向き直る。

背中で表情を隠しながら、密《ひそ》やかに溜息《ためいき》を吐く。

「変わってるねぇ佐伯さん」

「そうかな」

「楽しそうに教室出ていくからさ」

振り向く。

「勉強が好きなんて真面目さんなんだからもう……ってどうかした？」

「楽しそう？　私が？」

自分にはとんと自覚のない感想だったので、つい確認を取ってしまう。

同級生にはおよそ関わりのない他人事《ひとごと》で、だからこそ遠慮なく本当のことを述べてくる。

「そう見えたけど」

「そうなの……」

客観的なそうした意見を受けて、そうなんだ、と考え込んでしまう。

傍《はた》からそう見えたということは、案外、私も先輩に会うのを楽しみにしているのか。

頬に触れてみる。すっきりとしていて、盛り上がっている様子もない。

今確認してどうするのか、と動揺が隠しきれないことに更に心揺さぶられる。

……それは。

先輩のことばかり考えているのだから、その先輩に会えたら、楽しいのかも。

それは先輩を好きになるということと、どういう違いがあるんだろう。

謎だ、とまた思い悩む。そして同級生を密かに軽く恨む。

これから授業があるのに、勉強以外の問題を増やされてしまった。

……そうして。

先輩との色々なことを考えはするけれど、まだまだ思慮が浅いなと思った。

実際に出会すと、そう痛感する。

その日は中庭で待ち合わせたわけでもなく、偶然、校舎の外で先輩と鉢合わせた。体育の授業でグラウンドに出る際、学年は違うけれど入れ替わりのような形になる。

先輩も私もそれぞれ、同級生数人が側にいての遭遇で、どういう出方をすればいいのかと固まる。無視はないだろうけど、挨拶して話し込んでなんてやっていたら、周りから訝《いぶか》しまれないだろうか。悩んでいると、先輩から来た。

「沙弥香ちゃん」

先輩は大して考えないように、いつも通りに声をかけてくる。

「どうも」

ただの後輩を装うよう意識する。でも先輩の体操着姿は初めて見たかもと、つい注目してしまう。いつも制服だったから、上にジャージを着ているのはちょっと新鮮だ。

「体操着だとまた雰囲気違うね」

同じようなことを考えたのか、先輩が私を上から下まで眺めてくる。

「先輩こそ。制服より……」

幼く見えますね、と言いそうになる。

「先輩らしさが増していますね」

「あ、そういうの嬉《うれ》しいな」

嬉しいな、は表に出すのは少し軽率なんじゃないかなと思う。

「えっと、それじゃあ授業ありますから」

軽く頭を下げてすれ違おうとする。「はい」と先輩の返事は短く、よく分からなく、軽快だ。

まぁこれくらいなら問題ないやり取りよね。

自意識過剰になりがちな自分を戒めながら納得していると、急に。

先輩の唇が私の耳もとにやってくる。

「放課後、待ってるから」

掠《かす》れるような小声でささやかれて、ぞわりとした。

思わず振り返ると、先輩が満足そうににこにこしていた。耳と頬にやや朱色が混じっている。

向こうもそうだけどこちらの同級生にも奇異に映ったらしく、「なになに今の」なんて聞かれてしまう。

「なにって、なにかな……」

あはは、と笑って遠くを見て、流れるまで耐えるしかない。

耳に残る先輩の吐息からは、こういうのをやってみたかった、という感じなのがありありと伝わってきた。

……危ういなぁ、もう。

頭が真っ白になりそうなのを堪えて体育教師の前に整列しながら、意識を引き締める。

うん。

「私の方は浮かれないようにしないと」

二人揃《そろ》ってふわふわしていたら、どこからも浮き上がってしまう。

家に、学校にと、地面に足を着けていかないといけない場所はたくさんあるのだから。

待ち合わせはしたけれど、廊下から覗《のぞ》ける中庭には小雨《こさめ》が降り注いでいた。それでも先輩は中庭に向かうんだろうかと、窓に張りつく。噴水周辺にはさすがに人影はない。

そうやって覗いていると、水泳教室のプールが見えてくる。

平穏な水面が、思い出と共に揺らめく。そこに、波紋が生まれた。

「あ、沙弥香ちゃん発見」

先輩が階段の方から顔を出して、廊下を覗《のぞ》いていた。なにしているんだろうと思いつつ、先輩の元へと向かう。先輩がすすす、と顔を引っ込める。なんでかその動きが少し面白い。

廊下の奥に行くと、階段の前にちゃんと先輩がいた。

「雨降ってるからどうしようと思ったんだけど、丁度よかった」

「そうですね。でもそれは」

なぜ壁に張りついてこちらを窺《うかが》っているのか、と言葉を省略して身振りで尋ねる。先輩はようやく添い遂げている壁から離れて、「これはね」と説明してくる。

「上級生が二年生の廊下をうろうろしていたら変だと思ったの」

普通の理由だった。先輩はそういうのを気にしないかと思っていたのに、意外だ。

「これからは、雨が降ったら待ち合わせも中止ね」

「分かりました」

それなら、雨があまり降らない方がいいな、と思った。

思ってから、そうなんだ、と自分に少し驚く。

ああ楽しそうだったな私、と言われたことを思い出す。

「私、運動会の日によく雨が降ってるような子だったけど大丈夫かな」

先輩がそんな心配を始めるのがちょっとおかしい。先輩にとっては、毎日がイベントなのか。

私との時間が特別であることに、高揚と安堵《あんど》という矛盾と屈折を感じる。

「先輩は……変な質問だけど、私のことを考えている時ってありますか？」

廊下でなに聞いているんだろう、と軽率ではあった。でも今、先輩にそれを聞きたい。

先輩も最初は面食らったようだったけれど、すぐに答える。

こちらもまた、人通りのある場所ではなかなか言えないことだった。

「いつも沙弥香ちゃんのこと考えてるよ」

「……本当ですか？」

それは望んだ答えなのかもしれないけど、望み通り過ぎて、疑ってしまう。

「うん。沙弥香ちゃんとこういうことしたいとか、ああいうことしたいとか」

あっちこっちとばかりに左右を指差す。指した方向を確認してみるけど壁しかない。

「例えば、どんなこと？」

「聞かないでよ恥ずかしい」

もうやだぁ、とおどけた先輩が肩を叩《たた》いてくる。確かに、赤裸々に話すことでもなく。

だけど。

「じゃあ先輩は、したいで留まって終わりにするんですか？」

表に出さないというのはそういうことになる。

私が先輩の告白を受け入れたように、先輩が告白したように、発露しなければ事態は結実しない。先輩は言われたことに対して、「うーん」と少し考え込んだ後。

「それなら今日してみるね」

「え？　はい」

なんだか妙な言い方だった。先輩はうんと頷《うなず》いて、気持ち早足で去って行った。

なんだったんだろう。

そして、その日の夜。

「沙弥香、電話」

祖母が電話の子機を持って知らせてきた。

立ち上がりかけて、足の上に猫がいたことを思い出す。

「誰？」

これだけ携帯電話の普及した時世だけど、家にはまだ固定電話がある。祖父母の知り合いは携帯電話を持っていない人も結構な数がいるからだ。かくいう私も、個人の電話は所有していない。誰かと個人的に繋《つな》がる必要を、今までは感じてこなかった。

「学校の先輩。柚木さん」

名前を聞いた瞬間、目の前に火花が散るようだった。

電話をかけてくる相手なんて心当たりがなくて、そこに一番鋭いものがやってきた。

「代わって、あ、」

猫が動かない。お行きと背を撫《な》でて促すと、やっとブチ猫は祖母の元に向かっていった。

猫と交換に電話を受け取る。

「長電話はするんじゃないよ、沙弥香ちゃん」

「うん……うん？」

祖母の声から慣れない呼び方が飛び出して訝《いぶか》しむ。なに急に、と子機と祖母を眺める。

繋がるような、少し遠いような。

祖母が猫と共に離れるのを確認してから、椅子に戻る。

さてと。

こほん、と咳払《せきばら》いを前置きして。

「もしもし」

『あ、佐伯……沙弥香ちゃん』

先輩の声はVを描くように、沈んでから跳ね上がる。

本当に柚木先輩だ。自宅の電話番号を教えていた覚えはない。合唱部の連絡網の関係で調べたのかもしれない。とにかく現実として今、先輩と電話が繋がっているのだった。

「急でびっくりしました」

『あれ、急かな？　考えてるって言ったじゃない』

「はぁ？」

疑問を発してから、今日の放課後のことに結びつく。考えていることの、どっちだろう？

　こういうことか、ああいうことか。

『してみたかったことしてます』

「電話ですか？」

『そう』

　先輩が声を潜める。

『恋人への電話』

　思わず、背中を丸めて壁にするようにして、周りに音が逃げないよう努めた。

　先輩の家は他に誰もいないのだろうか。でもそれなら声を潜めないのか。大胆というか、怖いもの知らずというか。きょろきょろとして、部屋や廊下に他に誰もいないことを確かめる。

　祖母や猫がこっそり、暗がりに隠れていたりはしない。

『憧れてたの』

　丸っこく、甘ったるい、落雁《らくがん》のような先輩の声。

「それは……叶《かな》って、よかったですね」

その恋人役がまさか私になるなんて、お互いに想像できていただろうか。

私は当然、頭にあるわけもなかった。先輩は、ずっと先輩だった。

告白されるその日までは。

『あ、それとごめんね。最初、沙弥香ちゃんいらっしゃいますかって聞いちゃった』

「なるほど……」

そういうこと、と振り返る。廊下にいるはずもない祖母を睨《にら》むように、目を細めた。

『沙弥香さんも変だし佐伯さんって言ってもみんな佐伯さんだよね……って迷っている間に言っちゃった。あはは、ごめんなさい』

「ええまぁ、いいですけど」

沙弥香ちゃんなんて、家族にも呼ばれたことがない。保育園の大人が呼んでいたとは思うけれど、砂場に埋もれてしまったくらいに掠《かす》れて、遠い日の話だった。

少なくとも今は、先輩だけの沙弥香ちゃんだ。

……字面がやや恥ずかしい。

『うーん。でも電話してみても、話すことってあんまりないね』

先輩が困ったねぇと苦笑しているのが伝わってくる。

こちらも同様だった。

「毎日会って話してますし」

『そうなんだよね。電話するときはどきどきしたけど……』

そこで先輩の声が一旦途切れる。そして浮き上がるように、すぐ戻ってくる。

『どきどきしたから、いっか』

子供みたいな感想に、噴き出しそうになる。

同時に、じわぁっと身体《からだ》が熱を帯びる。忌避するような熱さではなく、生温《なまぬる》い。

その熱が、素直な言葉を生む。

「先輩が満足してくれたら、それでいいと思います」

『沙弥香ちゃんは本当に良い子ねぇ』

「それはないです」

『でも実は、まだ満足してなくて。もう一つ、やりたいことがあるの』

「ああ、こういうことですね?」

『ううん、ああいうこと』

「差が分かりません」

『こっちはね、沙弥香ちゃんもがんばらないとだめなんだけどね』

「私、ですか?」

なにをやらせるつもりなのか。夢見がちな先輩のことなので、きっと、恥ずかしいことだ。

確かにそれをやるなら、覚悟したり、気持ちが逃げないようにしたり……がんばらないといけないようだ。

「お手柔らかにお願いします」

『あはは……そこまですごいこと……凄《すご》いことかな……』

ぼそぼそと、予防線みたいなものを張られると萎縮してしまう。

こういうことや、ああいうこと。

こっちまで想像してしまいそうだ。

『それじゃあ、あんまり話してると変に思われるから……』

「あ、はい。お疲れ様でした」

後輩らしく装って挨拶しながら、電話が切れるのを待つ。

『……………………』

「……………………」

『それじゃあ』

「はい」

『私から切るね』

「お願いします」

すぅ、と息を吸うのが聞こえた。そして三秒ほど経《た》って、電話が切れる。

「ふ……」

笑い出しそうになってしまった。

先輩の行動に微笑《ほほえ》ましさを見つけて、先輩の声に心は高揚する。

そこには確実に好意があった。

「……………………」

学校でもそうだったけど、後ろめたいものが段々と薄れていって。

他よりも先輩を求めるようになって。

好意から後ろ向きなものを取り除けば、恋になる。

「……なに恥ずかしいこと考えているの、私……」

「子機返して」

祖母がにゅっと廊下から顔を覗《のぞ》かせてくる。前振りのない登場に飛び跳ねそうになった。

「子機」

「ああはいはい」

照れくささもあり、投げるような勢いで電話を返す。

祖母は猫と共に電話を抱きながら、私を見下ろす。

「どうかした？」

「仲良いの？」

探りを入れられているみたいで、やや緊張する。祖母の鋭い視線は、普段はいいのにこういうときは一転して苦手なものになる。隠し事をしている、と見透かされただけでもこういう場合には回答となってしまいそうだった。

だって、学校の先輩との仲に隠し事なんて……怪しいし。

「部活の先輩だから」

嘘《うそ》は吐いていない。

「そうなの」

祖母は猫を撫《な》でながら、それ以上言うことなくすぐに去った。子機を弄《いじ》っているので、電話する先があるのかもしれない。ほぅ、と息を吐いてベッドに向かい、ぼてりと倒れる。

不意打ちである先輩の電話が今頃、じわじわと効いてくる。

なにかを乗り越えたように、心地よくもある疲労だった。

電話一本で嬉《うれ》しそうにしている先輩を思うと、こちらも嬉しくなる。

でもそれだけでは満足していない、か。

それでいいのかもしれない。

だって満足したら、そこで終わりになるかもしれないのだから。

ああいうことの正体を知ったのは、それから二日後のことだった。

いつものように中庭で待ち合わせた先輩の動きがぎこちない。受け答えがぎくしゃくとしている。それは間もなく雨が降るか悩ましい空模様であることは無関係のようだった。

「なにかありました？」

さすがにおかしいので聞いてみると、先輩が独りでに噎《む》せる。

それが収まってから、ようやく落ち着いて口を開いた。

「実はね、沙弥香ちゃん」

先輩がベンチの端に滑るように移動する。足を揃《そろ》えるようにして身を固くしながら、横目で私を見る。よく分からない前振りなのでただ見守っていると、先輩は、唐突に牙を剝《む》く。

その牙は、私の羞恥心へ的確に嚙《か》みつく。

「沙弥香ちゃんと、キス、してみたいなって」

先輩は溜《た》めというものが少なすぎるんじゃないだろうか。

すれ違った通り魔に刺されたくらいの、予期しない発言。

喉がすぐに、からからに渇いた。

「ああいうこと？」

「そ」

先輩が短く返事して頷《うなず》く。それから見つめ合い、どちらともなく逸《そ》らす。

「…………………………………」

ベンチに座り直して、咳払《せきばら》い。

「またそれは……なんともああいうと言いますか」

いけない、平静を装おうとして動揺している。なにもしていないのに目の下が熱い。

「それも、先輩の憧れですか」

「沙弥香ちゃんは憧れないの？」

「考えたこともなかった、が正直です」

だって私は先輩のことを……ことを、と目が泳ぐ。

先輩の唇を覗《のぞ》き見る。薄い。その唇と、私の唇が。なんの意味があるんだろう。分からないけれど、意識すると胸が苦しい。そして、変な気持ちなのだけど、こう言ってしまうと本当にあれなんだけど、吸いついてみたくなる。意識も、唇も、感情もなにもかも。

「して、みます？」

喉をそのまま突き破って、声が漏れるようだった。

先輩は驚いた顔を見せて、それから跳ねるように立ち上がる。腕をゆるゆる、外側へと大きく広げた。受け入れるという姿勢？　となぜかこちらは恐れていると、先輩がぎぎぎ、と音の鳴りそうな重苦しい動きで腕を下ろす。

「きっと、すごく素敵なんだと思う」

その素敵はどこにかかる期待なのか。先輩の言い分が耳の右から左へと流れながら、私も立ち上がる。大股で、一歩ずつ。先輩との距離を詰めて、詰めすぎてぶつかるところだった。

「いいん、ですか？」

私で、と確認を取る。だってキスは、先輩も初めてじゃないんだろうか。

「いいで、しょう」

緊張しきった先輩の返答は、滑稽なものになっている。でも笑っている余裕もない。

まずは、手が伸びる。

私の右手と、先輩の左手が絡む。交互に、離さないように、互いを絡め取って。

残る先輩の手が私の顎に添えられる。角度を整えるように、指が肌の上を伝う。

その淡い触れ合いに、ぞくりと背中が震えた。

最後は先輩から左足を一歩、前に出した。

先輩の唇が、私に触れる。

瞬間、視界が溶ける。

光の泉を覗《のぞ》くように、出所の分からない光に満ちる。

先輩と触れた部分から、そのまま一緒に溶け合ってしまいそうだった。

頭上で風が吹き、木々が重なるように音を立てるのを聞く。

その音に怯《おび》えながら、じっと、先輩と重なっていた。

……やがて。

離れるときは、私から一歩引いた。そのままよろめきそうになって、踵《かかと》に力を入れる。

心臓は安定して激しく高鳴り、耳鳴りにまで達する。

自分の音以外、なにも聞こえない。

そして先輩は。

「……あれ？」

先輩は、大きく首を傾《かし》げていた。

酷《ひど》く、間が抜けた仕草に見えた。

たんたんたん、と先輩の足の先が地面を打つ。

「うーん？」

眉根が寄る。

「あの、先輩」

心配になってしまう。何が起きて、先輩に何を感じさせたかも読めないから。

先輩は私の様子を見て、すっと、姿勢を正す。

「えーっと、照れただけ」

先輩が目を逸《そ》らしながら口もとだけ笑う。そうなのだろうか、と聞く前に。

「沙弥香ちゃんはどうだった？　キスして」

少し早口で、こちらの感想を求めてくる。どうだった、と聞かれてもと空を仰ぐ。

先輩の唇に触れたとき、胸に流れるものがあった。

それは腕から指の先まで流れ落ちて、じんわりと、むず痒《がゆ》いほどの熱を与えてくる。

手のひらが熱くなる。

いつかの私が、誰かに聞いたことが今、自分の身に起きている。

過去と今が力強く結びつけられて、ああ、と中庭の木々の重なる様子に目が眩《くら》む。

逃げられない、もう。

この感覚は、やっぱりそういうことだったんだって。

「先輩が好きなんだって、確信を持てました」

たくさんの気持ちをまとめて、先輩に届ける。

先輩は短くも確かなその返事を受けて、目を伏せた。

「そっかぁ」

先輩が身体《からだ》を逸《そ》らす。背を向けて、後ろ髪だけが左右に動く。

「先輩？」

「そっか ─ ……」

言葉を重ねる先輩の真意を問えず、不安と共にその顔を覗《のぞ》こうとする。でも覗く前に先輩が急に振り向いて、私の手を取る。勢いそのままに顔を近づけて、顎に唇をくっつけてきた。

先輩の目が、間近でぱちくりとする。

こちらは顎が少し湿る。

先輩はゆるゆる顔を離して、「失敗した」と口もとを押さえる。

「しかも、唇も噛《か》んじゃった」

「……大変ですね」

隠した口もとの変化は窺《うかが》い知れないけれど、先輩の肩が上下に揺すられる。

「要練習、かなぁ」

「そ、そうですね」

釣られて、ちょっと笑う。余裕はなくとも、自然にこぼれでるものはある。

だって、先輩がかわいいと思っていたから。

その先輩とキスしたことに、背景の木の葉よりも激しい風に乱れていた。

これが、先輩との最初のキスだった。

人生の最初でもある。

初めての恋でもあって。

未知なるものしかないその浮遊感は、私から地面を奪う。

これまで歩んできた安定とか常識なんて、浮かんだ先には存在しなかった。

「要練習だから！」

「はいっ」

変な別れの挨拶を交わして、そそくさ、露骨に別方向に離れる。

「……あれ？」

今度は独り、私の方が疑問を呟《つぶや》く。

別れ際、先輩の口が小さく動いていた。

声はない、けれどその口は。

『困ったなぁ』と、言っていたような気がした。

学校の中庭は、先輩と繋《つな》がる場所だった。

私は電車通いで、先輩は三年生で、その他諸々《たもろもろ》、どれも目線の高さは合わない。

そんな私たちが出会えるのは、ここに来るという約束のお陰だった。

他に嚙《か》み合《あ》うところは……えぇと……好き合っていることくらい？

そんな恥ずかしい考えに鼻の先を熱くしながら、中等部の卒業式を終えた先輩と、二人で中庭を歩く。先輩の両手は荷物と卒業証書を抱えていて、繋ぐことはできない。

「ここで会えるのは今日までですね」

「うん」

先輩との繋がりがほつれる。不安がふらふら、まだ冬を含んだ風に煽《あお》られる。

春は遠い。そしてその春に、暖かさはあるだろうか。

「沙弥香ちゃん」

「はい」

「キスしようか」

急な申し出にどちらも足が止まる。

する前に、わざわざ口に出すのは珍しかった。

「はい」

先輩は腕が塞がっているので、こちらから腕を取り、顔を寄せる。されるがままの先輩と、唇を重ねる。先輩の唇は上下どちらも冷えて、かさついていた。

周りの目というものをいつからか、気にしなくなっていた。

周りより、先輩を見ていたい。

一体いつの頃から、それほど先輩を愛おしく思うようになったのか。

先輩の唇から離れる。顔の離れた先輩は、まるで眠たげなように瞼《まぶた》が重い。

「……先輩?」

薄い反応に違和感を抱くと、先輩は「ううん」と緩く頭を振った。

「ごめんね、今日はなんだかぼぅっとしちゃう」

困ったように笑う先輩が、風に吹かれた前髪に、邪魔そうに目もとをしかめる。

意識が散漫になるのも仕方ない日だとは思う。

「卒業式ですから」

多分そうなんじゃないかと思うことを言ってみる。小学校の卒業式は、どうだっただろう。

私の小学生の時間は途中から、急《せ》かされるように逃げてばかりで、よく覚えていない。

「そうね。……卒業したんだもの」

そういう先輩は遠くへと、目を細める。先輩の見つめる先には、ただ青い空しかなく。

なにが見えているのか、摑《つか》み取《と》ることはできない。

それを共有できないのが、私には少しもどかしい。

「じゃあ、またね」

そう言って、先輩は何事もないように学校を後にした。

先輩のいなくなった学校は、どこか奥行きをなくして。

ここ以外のどこで会えるのだろう。

それを話すことなく、先輩とは離れてしまった。

そうして。

この中庭の木に花が咲く前に先輩はいなくなり、今、一人でその美しさを見上げている。

先輩は中学校を離れて、私は三年生。教室は一つ高い場所になったけれど、更に上はなく、先輩は遠ざかってしまった。一年後にはまた頭の上に先輩が確認できるとしても、一年。

春と夏と秋と冬が来なければいけないと考えると、気が遠くなる。

日差しは暖かく、肌に触れる度に私を焦《じ》らすようだ。

陽気に彩られた春は町に長居しそうだった。

ここで待っていても、先輩には会えない。待ち合わせの約束だってしていない。分かっていても昼休み、つい来てしまった。教室にいても、特にやることもない。

先輩も、私のことを考えてくれているだろうか。

忘れていないといいけど、と半分冗談ながらも不安になる。音沙汰がなければそういう気持ちにもなる。距離は、決して遠くない。高等部の校舎を見ようと思えば、少し歩くだけでいい。

だけどそこに至るまでにはたくさんの壁があった。

先輩が以前に言っていた、同じ学年の方がよかったということに今更、同意する。

そして出会うにしても、私が高等部に進学してからの方がよかったのかもしれない。

どれもこれも、どうにもならないことばかりなのだけど。

憂うばかりの頭を切り換えて、状況を整理していく。

まず先輩とは、高校に進学してから会っていない。何週間も会えていないので、素直に言えば私は寂しい。だから先輩に会いたいのだけど、どう会えばいいのかという問題があった。

先輩は、中学生までは携帯電話の所有を禁止だったと話していた。学校で出会う相手との関係ばかりなのでそれでも支障はなかったけれど、いざ離れると途端に途方に暮れてしまう。仮に先輩が電話を持つようになっても、その番号を聞く機会に恵まれない。

会わなければなにも分からなくて、でも電話がなければ話すこともできなくて、次に会う日を決められない。悪循環に囚《とら》われてしまったように思う。

先輩に直接会いに行くのも、さすがに高等部の学舎まで行くのは憚《はばか》られる。でもどちらかが動かなければ接点というものは生まれない。偶然、先輩が中等部の中庭にやってくることはもうないし、逆だって然りだ。このままずっと会えなかったら、と想像すると春に似つかわしくない、真っ黒い物しか思い浮かばない。

前屈《まえかが》みになり、行儀悪く膝に頬杖《ほおづえ》をついて目を細める。

放課後に、高等部の校門で待ってみようか。

今のところ、それくらいしか思いつかない。勿論《もちろん》、先輩の都合など分からない。いつ帰るのかも、部活動に属しているのかもだ。少しは分かってきていたつもりだったのに、また先輩の存在が不透明になっていく。理解は永遠に追いつかず、同じことを繰り返すばかりなのだろうか。

目を瞑《つぶ》り、実行に移すか、否かと迷う。先輩は迷惑に感じないだろうか。なぜ？　と思うのだけどそういう遠慮と不安があった。きっと、高校生になった先輩を遠くに錯覚しているからだ。このままでいればそれはますます酷《ひど》くなる。対処法は、先輩の顔を見ることだけだ。

よし、会おう。

そう決めると、安心する。

結局、結論は最初から決まっていて、その気が高まるかどうかの問題なのだ。

春の日差しに暖められるまで、動き出すのに少し時間がかかった。


放課後になって、部活動を病欠、ということにして休んで早々に校舎を出た。仮病を使うのは人生を通してこれが初めてだ。背中に張りつくような罪悪感を伴いながらも、身体《からだ》は前に進む。優先順位が勉強とか、部活動とか、責任とかを超えて先輩に移っているのを自覚する。

恋愛に夢中になっている人の言動や行動は、傍《はた》から見ると滑稽に映るらしい。

私も、道化のように見えているだろうか。

初めて高等部の学舎の方へと向かう。学舎は中等部と隣接するような形で、すぐに見えてくる。外壁を回り込むようにして、別の門の前まで移動すると高等部の学生達とすれ違うようになる。先輩が紛れていないか確認しながら、門の柱に背を預ける。

首筋に伸びた昼下がりの光が暖かい。

先輩がもう帰っていたら、いつまでもここで待つことになる。目を瞑ると、電車が遠くへ走っていく様子が思い浮かぶ。乗る電車がなかったら、どこへも行くことができない。

家族はどう思うだろう。部活動だけでなく、勉強も滞る。

先輩にこだわって、生活のリズムが酷いことになりかねない。

外は温暖なのに、暗いものばかりが増していく。

目を開いて、門より出てくる姿をただ数え続けた。

それがいくつ重なったときだろうか。

「沙弥香ちゃん？」

先輩の、少しびっくりするように私を呼ぶ声がとても懐かしく感じられる。

目の下に残る、取り残されるような想像はすべて崩れていった。

「先輩」

門から背を離して、声の方へと向き直る。その先に先輩がいて、そして一人じゃなかった。

二人ほど連れ立っているのは、高等部での知り合いだろうか。少なくとも合唱部の先輩方ではない。私を見て不思議そうな表情となっている。その二人に、先輩が振り向いて説明する。

「後輩……うん、今日はごめんね」

先輩が連れ添いに一言、二言告げてこちらへやってくる。

正面から向き合うと、真新しい匂いがした。スカーフから来るものだろうか。

「お久しぶりです」

「うん」

先輩は返事をしながら振り返る。別れた二人を眺めて、気にするような素振りだった。

「先輩？」

「あ、うん」

曖昧な反応と笑みで対応してくる。こちらは空振りを続けるような手応えのなさだ。

思っていたのと、少し違う。

「どうかした？」

先輩が不思議そうに小首を傾《かし》げてくるので、こちらも糸が緩んだように勢いを失う。

「どうかしたって……」

先輩は、どうもしていなかったのか。

温度差を感じて困惑していると、私の態度から察したのか、先輩がやや慌てたように言う。

「あ、会いに来てくれたんだ。ありがとう」

取って付けたような感謝の言葉が、春の穏やかな風にばたばたと煽《あお》られるのを聞く。

表も裏も真っ白で、なにも描かれていない。

「ごめんね。急だったからびっくりしちゃって」

「いえ……」

先輩だって人間なので嘘《うそ》を吐くし、取り繕いもする。分かってはいるけれど、やっぱり、自分がそういう対象であるというのは密《ひそ》かに傷つくものだった。

そしてここで『迷惑でしたか』と聞けないのが、私の弱さだ。

「なぁに？　じっと見て」

先輩が苦笑している。詰め寄れば、居心地のよくない空気が増すばかりだ。

一呼吸置く。

大きすぎた希望をゆっくり、少しだけ、自分の内側から追いやる。

「いえ」と重ねるように呟《つぶや》いてから。

「先輩の笑顔が、ちょっと大人びてるなと思って」

「えぇ？　高校生になったばかりだし、そんなことないと思うよ？」

先輩が、ないないと手を横に振る。それから、髪の端を弄《いじ》って笑う。

「でも沙弥香ちゃんから見て、大人になれたんだ」

ふんふん、と先輩がやや満足そうだ。そういう昔ながらの仕草を見せると、自分で言っておいてなんだけど全部嘘《うそ》に思えてくる。私の知っている先輩が見えてきて、ようやく安堵《あんど》した。

「先輩は、携帯電話持っていますか？」

やっとそういうことが聞ける雰囲気になった気がして、用件を切り出す。

「電話？　うん、あるよ」

「番号、教えて貰《もら》えますか？」

断られることは多分ないだろうと思いながらも、こういう聞き方になる。

「勿論良いけど……」

電話を取り出しながら、先輩が目を右へ、遠くに向ける。

「沙弥香ちゃんの番号、教えてくれる?」

たまに起きることだけど、会話が微妙に嚙み合っていない。先輩、天然なところがあるのだろうか。

「あ、沙弥香ちゃんの方こそ電話持ってる?」

「はい、持つようになりました」

確認の順番がややおかしいのも、先輩らしさかもしれない。

先輩と繋がるために電話を求めて、けれど片方では意味がないと手にしてから気づいた。ようやく、電話の出番が来る。

暗記している自分の電話番号を伝える。

「こうこうこう……これで合ってる?」

先輩が電話の画面を見せて確認を取ってくる。間違っていたら、また病気になって部活動を休まないといけなくなるので慎重に確かめた。

「はい、大丈夫です」

答えてから、一緒じゃないのかも、と気づく。

先輩からかけてこないと、こちらは番号が分からない。自分ではこれ以上動くことができなくて、人任せになる。先輩を信じていないわけではないけど、今の状況を作るために動いたのは私だ。先輩は、ここに至るまで特になにもする気もなかったように思えた。

少しだけ、引っかかった。でも私はそれを見ないフリをしていた。

「でもそっか。沙弥香ちゃんの番号も知らなかったんだ、私……」

俯《うつむ》いた先輩が、なにか呟いた。

「先輩？」

「ううん、なんでもない」

登録を終えた電話を先輩がしまう。それから、私をじっと見下ろして。

「沙弥香ちゃん」

改まったように名前を呼ばれる。「はい」と返事をするも、続かない。

「うーん……」

先輩が珍しく、気難しそうに口もとを曲げる。目も曲がってから、考え込むように瞑《つぶ》る。

一体なんだろう。

待っている間に、自動車が車道を走り抜けていく。

アスファルトの上なのに、砂利を挟んだような異物の音が聞こえた。

「やっぱりいいや」

難しい表情を引っ込めて、先輩が笑顔を張り直す。

「気になるんですけど……」

「言う前に少し考えてみたけど、まぁいいかなーって思っちゃった」

「はぁ」

余計に気になる。

「本当に少しだけど、途中まで一緒に帰ろっか」

先輩は有耶無耶《うやむや》にするように、私を伴って歩き出すのだった。

ここへ来たときよりも、動き出す足は軽い。でもそれは、軽快なのではなく、軽薄。

だって私はここに来たときと特になにも変わっていない。

先輩の電話がほんのわずか、私の番号で重くなっただけなのだから。

焦がれていた、先輩との時間。だけど隣を歩いていても以前よりも先輩に距離を感じるのは、高校生という存在に対する壁のような意識だろうか。

それとも。

「なになに？」

私がぼんやり見上げていたからか、先輩が髪を気にして払う仕草を取る。

「また先輩と、身長の差が開いた気がして」

「すごい、よく気づくね。健康診断で測ったら、ちょっと伸びていたの」

先輩はやや自慢するように、頭のてっぺんに手のひらを乗せる。

勿論《もちろん》、そっちには気づけていたはずがない。

でも言われてからそういう目で見ると、確かに伸びているように思えた。

先輩だけが、段々と先に進んでいるように焦る。

「早く先輩に追いつきたいな」

ぽつりと呟《つぶや》く。先輩は目を丸くした後、「そうだといいね」と前を向きながら言った。

「今夜、電話してみるね」

別れ際、先輩がそう言ってくれた。

それだけで心の靄《もや》が少し晴れるくらい、私は単純になる。

先輩とのことで、複雑さを保ってはいられなかった。


その日の夜、勉強も半ば手につかないまま、時間がゆっくり過ぎていった。

机の傍らに置いた電話を何度も眺めては手が止まる。よくないな、と思っても集中できない。

恋愛って本当に生活に必要なんだろうか、と思うほどには自分の基準が塗り変わってきている。

勉強の遮りになるほどのめり込んではいけないと分かっていながらも、人の気持ちというものに加減をつけるなんて、一体どうやればいいのかという問題があった。

手を止めて椅子から離れて、ベッドに寝転ぶ。転がったまま本棚に目を向ける。私の趣味じゃない小説が随分と増えていた。内外問わず、先輩の望む私に染まりつつある。その先輩からの電話はまだない。今日の夜はあと四時間といったところだ。明かりから逃げるように、腕で目もとを覆う。停滞している感じが否めないのは、なんでだろう。

せっかく先輩に会えたのに、段々とまた気持ちが曇ってくる。

そのままぼうっと、時計の秒針の音に身を委ねていた。

電話が鳴ったのは、それから一時間ほど経《た》ってのことだった。

跳ね起きて、机に腕を伸ばす。慌てて電話を取って、見慣れない番号を見て、電話に出る。

「はい、もしもし」

『もしもし、沙弥香ちゃん？』

先輩の声だった。

「……はい」

近くの椅子に座り直す。それから、襖《ふすま》が開きっぱなしなことに気づいてすぐに閉じに行く。廊下を覗《のぞ》くと、通りかかる猫と目が合った。う、と怯《ひる》みそうになる。

猫は見透かしたように、すぐに私から視線を外して行ってしまう。その後ろ姿に、内緒にしといてねとささやいてから襖を閉じた。

『あれ？　沙弥香ちゃん？』

「あ、はいはい。大丈夫、私です」

『よかった、番号合ってたね』

「はい」

これで次からは部活動を休まなくても済む。

慌ただしさも駆け抜けて、また椅子に戻る。

『今大丈夫？』

「ちょうど、勉強が終わって休んでいたところですから」

白紙に近いノートの置かれた机を一瞥《いちべつ》する。嘘《うそ》にも少し慣れてきてしまっていた。

人に好かれるための嘘を吐くようになっている自分を自覚すると後ろめたいものがある。

それは誰に向けた罪悪感なのだろう。

『沙弥香ちゃんと電話越しに話すのって、これが初めてだよね？』

「いえ……前に電話しましたけど」

『あ、携帯電話越し』

「そっちは、はい」

『声がちょっと若く聞こえるかも』

若くって。

『若くは変か』

言い出す前に先輩の方で気づいた。

『幼い……も嫌かな?』

「えーその……若いならいいですよね」

先輩の挙げた二つはどちらも適切ではないと思うけれど、他に具体的なものも私の中になかった。大体、自分の声なんていつも聞いているもので、そこに年齢を感じない。

「かわいいってことにしておきます」

『うん、それがいいかも』

そういう先輩の笑い声も、普段より高く聞こえる。それが幼さの理由かもしれない。

『それでかわいい沙弥香ちゃん』

「やめてくださいよ……」

脇がくすぐったい。

『えーっとね』

「はい?」

『なに話そうかなって』

困ったような先輩の笑い方は、けつまづくみたいに短いものを繰り返す。

年が明けてからよく当たるようになった問題は、未《いま》だ解消されていない。

会うことにお互い消極的だったのは、これのせいだろうか。

話すこと、と膝に手を置いて少し考える。……学校絡みの話くらいか。

「先輩は、部活動はもう決めたんですか？」

『部活？　今のところは参加してないよ。高校の勉強は難しいって聞くし、そういう余裕あるかなぁと思って』

「なるほど……」

高等部の合唱部には参加する気もないらしい。それなら多分、私も来年は歌っていないだろう。判断基準が先輩になっている自分が、時々、違和感だらけの存在に思える。

そんな自分を生きてきて、まだ一年も経《た》っていないからだ。

それまでの自分の価値観よりも、それは尊重されるべきものなんだろうか。

『沙弥香ちゃんの方はどう？　部長さん、大変？』

「やることは細々していても多いですね。みんなへの連絡だって私からだし」

『新入部員もたくさん見つけないとね』

「ははは……」

無理難題には軽く笑うしかない。そして、風に間をさらわれるように無言となる。

くるくると、人差し指が意味もなく回る。

他に話すことが、たくさんあって当然のはずなのに。なんで、上手《うま》く行き交わないのだろう。

『なかなか会えないとは思うけど、電話はするから』

「はい……あ、私からも、電話します」

『うん』

沈黙が訪れる。先輩の小さな息づかいを電話越しに感じて、言葉を探す。

なにも見つけられない間に、先輩が身を引くのが分かる。

『それじゃあ……』

「はい。……おやすみなさい」

『うん、おやすみ』

挨拶を終えて、通話が途切れる。電話を切ったのは、先輩からだった。

かかってきた番号を登録する。登録名は、悩んで、先輩にしておいた。

力が入っていたのか、首が痛い。電話を手にしたまま、椅子からベッドへ流れ込む。倒れ込んで大きく息を吐くと、そのまま真っ平らに潰れてベッドに沈んでいきそうに思えた。

期待しすぎなんだろうか。

結果がその高さに届くことはなく、ぺしゃりと地面に落ちるのを眺めるばかりだった。

頬にかかる髪を払う気力も湧かないまま、電話のカレンダーを見る。来月の予定を眺めて、休日の続く時期に目が止まる。

五月の連休のどこかで会えないだろうか。

今はもうお互いに電話がある。外で先輩と待ち合わせることだってできるはずだ。以前に、先輩が家に電話をかけてきたのを思い出す。なんだ、別に連絡を取る方法はあったんだと今頃になって気づいた。先輩だって、また電話をかけてくることくらい簡単だった。

それとも簡単じゃないから、かけてこなかったのか。

手足の動きでなく、心の動きが伴わなくて。


「……………………」


何週間は、自分で歩いてみれば長い時間だと思う。心がすり減るくらいに。

先輩は、会いたいなんて思ったりしないのかな。

私が思っているよりも先輩は大人なのかもしれない。

一方通行の寂しさは呑《の》み込《こ》めない、長い糸のように身体《からだ》の内側に絡まる。

それを嘆くように、胸を押さえて横向きに寝転ぶ。

先輩は今、私になにを望んでいるのだろう。


先輩が気になることに変わりはなかった。

でもそれは去年までの高揚を伴うものとはまた違って、どこか重苦しい。積み上げられたものに取り組むのか、片づけるのか、くらいの意識の差がある。嫌な流れを感じていた。

勉強も部活動も、中途半端になっているのを自覚している。小規模な試験の成績も、やや陰りが見えるときがあった。こんなことではいけないという、当たり前を理解しながらも先輩について考えるだけで行動までも振り回される。既に恋愛に毒されすぎていた。

そんな私の目下の悩みは成績の緩やかな低下よりも、先輩を連休中に誘ってみるか、だった。

連休の始まりを二日後に控えた日の夜、電話を抱くようにしながら私は立ちすくんでいた。

自室で、座りも寝転びもしないで立ち続ける私を、家族や猫はどう思っているのか。

聞いてみるなら今日までだ、というなんとなくの線引きを感じる。

感じながら、動けない。

「やっぱり……この間の電話で聞けばよかったのに」

問題は時間が解決してくれることもある。

手遅れになることも、勿論《もちろん》ある。

結局、私はメールも、電話もすることなく時間をやり過ごす。

春に会いに行ったときの先輩の反応が、私を臆病にさせていた。

同じ結果を前にするかもと思って、立ち止まってしまう。

そうして、どんどんと離されていく。

……後で思えばこれが、分岐点だったのかもしれない。

機を逃した、というべきだろうか。

それからは連休が続くことがないのもあって、先輩を誘う機会を失う。五月、六月と先輩の声は聞いても姿を見ることはない。会わないまま電話をすると不思議なもので、電話の向こうでどんな顔をしているかという想像が今ひとつ働かなくなる。

先輩が、見えなくなってくる。

電話は大体、私からかけていた。先輩から電話してくるのは、休日くらいだろうか。

高等部の生活は思った以上に忙しいのかもしれない。

先輩との時々の電話という交流が続きながら、季節は巡り、いつの間にか夏休み目前だった。

窓から覗《のぞ》ける自然の色の移り変わりが、目覚ましのように季節の変化を告げてくる。

『あ、そうか。沙弥香ちゃんも合唱部引退したんだよね』

「ええ」

『お疲れ様』

いえいえ、と労《ねぎら》いに手を振る。振った先には明るい壁しかない。

夕暮れも過ぎる頃なのに、外では蟬《せみ》が精力的に鳴いている。家に木が多いから、夏は他所よりも騒々しい。窓の向こうの合唱に思いを馳《は》せながら、先輩との電話を続ける。

『高等部に来たらまた合唱やるの？　ちょっと覗《のぞ》いたらけっこう本格的だったよ』

「まだ決めてませんけど、先輩もいませんし、やらないかも」

『そっか』

そこで沈黙が、水滴のように一粒落ちる。

その水滴を中心に、耳鳴りが渦を巻こうとする中で、先輩が声を発する。

『沙弥香ちゃんは……』

先輩は言いきることなく、引っ込める。

『ううん、なんでもない』

「最近、それ多いですね」

なにか煮え切らないものがあるのだろうか。あるなら、改善するので言ってほしい。

話は遠回りより、早い方が好きなのだけど。

だから私は、今こうして真っ直《ます》ぐに行く。

「あの……先輩」

『なぁに？』

「夏休み、どこかで会えたら……って」

カレンダーの、たくさんの真っ白い枠を思い浮かべる。

でも、先輩の返事は芳しくない。

『あ……ごめんね。夏期講習に参加しようかなと思ってて……』

「そうですか」

落胆は表に出さないよう、最初からどちらの答えも予期していた。

だから心を置いてきぼりにしながらでも、会話できる。

「がんばってください」

『うん』

後は電話を切ってから、大きく溜息《ためいき》でも吐けばいい。

それだけのことだ、期待なんて。

張り詰めて、耐えしのげばいい。

『沙弥香ちゃん』

先輩の声が予定を阻む。お陰で、呼吸が乱れた。

「なんですか?」

『沙弥香ちゃんは、良い子だね』

またいきなり褒められた。何度聞いたかも分からない、使い回された美辞麗句だ。

「えぇと?」

『私はそういうところがいいと思ったのかな』

「はぁ」

『優しいっていうのはありふれてるようで、全然そんなことないよね。人によって優しさの形が違うから。私は沙弥香ちゃんの優しさの形が好きになったんだろうなぁって』

思いました、と早口で締める。

「……前にもそんな話を聞いた気がします」

優しさの形、という表現はなんとなく印象に残っていた。

『……あれ、そうだった？』

先輩はまるで覚えていないらしい。適当なのか……どうでもいいのか。

でもあの時よりは、なにが言いたいのか分かるように思えた。

『ごめんね、見識がないから同じ話ばかりして』

「いえまぁ、懐かしい気持ちになりました」

私と先輩のささやくような笑い声が重なる。こちらは照れが混じって、先輩は……なんだろう。遠くのものを少し得意げに語るような、独特の距離があるように思えた。

「でもまた、急に語りましたね」

『気持ちの整頓をしてみたかったから』

「整頓？」

『頭の中が最近ぐるぐるしていて……私もね、いっぱい考えてるんだよ』

色んなことを、と先輩が付け足すように呟《つぶや》く。やや、訴えかけるような調子だった。

誰かに、なにも考えてないなんて言われたことあるんだろうか。

そんな、私の見聞きしたことのない先輩についてを想《おも》う。

「そうなんですね」

『うん』

そういうことを話してくれただけでも、心は潤う。

先輩は自分のことを話してもすぐに終わってしまうからだ。先輩自身は、話すようなことがないからと言っていたけど、やっぱり、あるんだ。それを教えてくれたのは、少し嬉《うれ》しい。

『それじゃあね』

「はい、また」

電話を、今日は私から切る。

通話が途切れると、予定通りに心が徐々に沈む。

先輩のいない夏。先輩のいた夏は、未《いま》だに経験ない。

空白だらけのカレンダーが、風もないのに煽《あお》られて頭の中でばたつく。

夏は始まる前から黄昏《たそがれ》で、夜を迎え、朝になる頃には消えてしまいそうだった。

二学期を迎えて、家の庭の木が衣替えを始めた頃。

その晩に珍しく、先輩から電話がかかってきた。

『こんばんは、沙弥香ちゃん』

「あ、先輩……こんばんは」

先程までもあまり動いていなかったシャープペンを放り出すように置く。家族には秘密にするようにと声を潜めて、背を丸めるようにして先輩の声を受け取る。

家の猫が安らぐときの姿勢に似ているな、と少し思った。

『あのね。急なんだけど、明日会えないかな?』

「明日、ですか?」

思わず日付と曜日を確認する。今日も明日も平日だ。

『私からそっちの中庭に行くから、放課後いいかな?』

普段と異なり、いやに行動的な先輩である。

「大丈夫ですけど……」

日常から逸《そ》れるようで、抵抗にも似た戸惑いがあった。先輩が来る?

中等部に、わざわざ。

「用事ですか?」

電話で済ませられないようなことなんだろうか。

『うん……会ってから話すね』

「……そうですか」

やや思わせぶりで、不安も期待もあった。

「楽しみにしています」

『……うん』

先輩の声は段々と離れていって、最後は弱々しい。

電話が切れてからはて、と小首を傾《かし》げる。

なんだろうと思う反面、先輩に会えると思うと心は弾む。

増えなくなった、本棚の小説を一瞥《いちべつ》して、そういう話もできたらいいなと思う。

途切れることのない持病めいたこの気持ちが、少しでも報われるように。

……そして。

その日も晴天だった。

初秋を象《かたど》るようなうろこ雲の下、穏和な日差しが降り注ぐ。

ベンチに触れる手のひらも、次第に熱くなってきていた。

学校の中庭を訪れるのもいつ以来だろう。二学期になってからは少なくともなく、遡っていくと夏休みを越えて、春にまで行き着く。あの時は眺めていた深緑の葉が、ほんの僅か色づき始めていた。ここに来るのも久しぶりなら、用件についても本当に久しい。

また、ここで先輩を待つことがあるとは思っていなかった。

高等部にも似たような中庭があるのだろうか。来年には、そこで先輩と出会っているかもしれない。それがまた続いて、先輩が卒業して……大学は行くつもりなのかな？　そこまで遠い話はまだしていない。でも先輩が高等部に行ってしまったように、いずれ避けることのできない問題だ。先輩について知らないことが、また増える。

その先輩は、そろそろかなと首を伸ばすように確かめる。放課後で、制服も変わらないとはいえ先輩が校内を歩き回っていては注目されそうなものだ。先輩の姿は見つからなくて、代わりに校舎を見る。変わりばえしないようで、半年も経《た》てば細かい変化にも目が行く。

壁は夏場の汚れを宿すように色褪《いろあ》せて、日陰も同じ時間帯でも春頃より伸びているように思う。半年前よりも、去年よりも確実になにかを積み重ねてきている。汚れでも、劣化でも。

留まるものはなく、始まりと終わりを持たないものもない。

それからほどなくして、先輩が姿を見せた。

ここで待ち合わせるとき、私が待ったり、先輩が先だったり……どちらにしても懐かしい。

私たちだけが一年前に戻ったようだった。

やってきた先輩を見て、ベンチから立つ。早歩きかと思っていた足は、急《せ》くように駆け足になっていた。急ぐ私と対照的に先輩は立ち止まる。先輩は走ってくる私に、淡く微笑《ほほえ》む。

寂寥《せきりょう》を感じたのはなぜだろうか。

秋の空の下、ようやく先輩に出会えて。なのに、距離を埋めている気がしない。

「前より髪が伸びたね」

先輩は挨拶も抜きに、そんなことを指摘してくる。

「そうですか？」

首にかかる髪を指で摘む。先輩と直接会ったのは、中庭を訪れたのと同じく春だ。

私と先輩の時間は、春より少し手前で止まっていた。

「それより、先輩」

呼び出した用事を聞こうとする。だけどなんでか、促す声は出なくて。

縋《すが》るように、先輩の腕に触れようとする。

でも先輩はそれを避けるように、身を引いた。

「……先輩?」

笑うことのない先輩が、一度目を逸《そ》らす。でもすぐに、こちらを向いて。

「沙弥香ちゃん、あのね」

そう呼ばれたとき、私は半ば唐突にあることを思い出す。

もう、二年と半年は前になるだろうか。

新入生として、まだ慣れない電車に乗ってここへやってきたときのことだ。色んな部活動の勧誘を受けた。その中に合唱部と先輩がいた。部活柄か、比較するとみんな声が大きかった。

声を出すことに慣れていた人たちの中で、穏やかな声が私を誘った。

名前を聞かれてつい名乗ると、その先輩は親しみやすい笑顔で私を呼んだ。

『沙弥香ちゃんかぁ。よろしくね』

会って間もない学校の先輩にちゃん付けされて、酷《ひど》く居心地が悪かった。

そんなことを、なぜ今、思い出してしまったのだろう。

「私たち、もう子供じゃないんだから」

外では中学生なんて、いつも子供扱いされるものだった。

だから先輩が急になにか言いだしても、ぴんと来ない。

「その……」

先輩が言《い》い淀《よど》む。こちらとしても、待ってほしい。

「ええっと……？」

なんの話を始めているのか、摑《つか》めない。

温暖で、平和極まりない景色を背景に、先輩が、言う。


「遊びでこういう付き合いをするのはよくないと思うの」


驚きは鈍く、長く、断続的で。

痺《しび》れるように心を伝い、声も出てこない。

外側から心臓を強く押されたように、呼吸が滞る。

重要なことは、たくさんあった。
付き合い。
よくない。
なにより一番気になったのは、遊び、という表現だった。
遊び。戯れ。本気じゃない、出来心。
先輩の好きは、階段を一段飛ばして上ってみようとする程度の、遊び心。
……あぁ。
目を伏せていたものの正体が、一斉に見えてくる。
先輩が私に見ていたものの正体を明かされて、去来するもの。
それは失望にも似ていて、先輩の輪郭を歪《ゆが》ませる。
溶けた景色と合わさり、白日の光の中で揺らめく。
水中から見上げた日輪のように、不確かな輝きだった。
「一時の気の迷いのようなものだったのよ」
その発言を耳にしたとき、急な思い出の発露の意味を悟る。
声とそこに含まれるものの温度が、あの頃と同じだったからだ。
「女の子同士なんて……ね？」
ぶれていた視界が戻り、先輩が目の前に見えてくる。

浮かぶ取り繕うような笑顔は、白々しく他人めいていた。

それが、決定打になったのだと思う。

「そうなんですか」

自分の声は隣の人が喋《しゃべ》っているように聞こえた。

俯瞰《ふかん》したような視界を錯覚する。自分の後頭部を見ているように思えた。それから先輩がなにか言ったのだけど聞き取ることはできなくて、頭を下げてから歩き出した。

こちらもまた他人事《ひとごと》のように逃げていく。先輩の声はもう聞こえない。

「そうなんだ」

気の迷い。

遊び。

女同士。

「へぇ」

ぐるぐる、先輩の声が斜めに巡っては交差する。

視界の端が時折、発火するように光と熱を帯びた。涙が溢《あふ》れているのかと目もとを拭ったけれど、指先は濡《ぬ》れていない。真っ白に染まる感情と裏腹に、段々と意識は冴《さ》えてくる。

感覚は研ぎ澄まされて、前方が晴れ晴れとしていた。

心は隠れることもできずに、風光明媚《ふうこうめいび》に晒《さら》される。

そうした、ありのままの今の自分を他人事の私が観察して、理解する。

怒っている。

私は今、腹を立てていた。

それはなぜか、と心の底よりそれを掬《すく》い取《と》る。

答えは、付き添うように巡り続ける先輩の、軽薄な別れの挨拶。

先輩の言葉のすべてが無責任すぎて、だ。

なんにも思わなかったのか。

好きってどういうことかも分からなかったのか。

好きになってもらう意味も分からないのか。

どうして私にそんなことを言って、言わせてしまったのか。

先輩の好きになれる私を作ってきたのに。

こういう私にしたのは、あなたのくせに。

家に帰ってから、座り込んでぼうっとしていた。

下を向いていても涙はこぼれない。心に大きな幕のようなものがのしかかり、感情が抑えつけられている。悲しさも、憤りも惚《ほう》けている。平坦《へいたん》な心は、ただ部屋の空気を吸っては揺れる。

ふられた。

簡潔に、状況を纏《まと》める。先輩が好きだと言って、先輩が遊びは止めようと言った。

遊び。

瞬間、カッとなって、なにかを叩《たた》きそうになる。

でもそれは作った握りこぶしから、血でも流れるように抜け出ていく。

力なく腕が下りて、また、膝に触れる。

心と裏腹に、外は快晴だった。秋に似つかわしい晴れ間を背景に、木々がそよ風に揺れる。

私と先輩以外のありとあらゆるものには一切、関係ない。

だからこれは、とても小さいことだ。

ほんの些細《ささい》な出来事だ。

でもそのたった一つが、私の全てだった。

失敗、という単語が暗闇から浮かぶ。一番、酷《ひど》い感想だ。

人を好きになることを失敗なんて思うしかないのは、いずれきっと辛《つら》くなる。

それが嫌で、ああ、逃げているなって自覚する。

「どうしようかな……」

先輩のための私は今、一切の価値を失った。

すごいな、と思う。

一年近くがあっさりと不要な時間になった。

それまでの私のことまで朧気《おぼろげ》になって、これからの自分というものがまるで見えない。

先輩と出会う前、自分はどんな人間だったのだろう。

そしてそのどこに先輩は関心を持ったのか。

先輩は、私のどこに先輩は関心を持ったんですか？

膝を抱きながら、いつか尋ねた問いかけを思い出す。

あの時、先輩はなんて答えただろう。今となっては、はっきりと思い出せない。私も、先輩のどこが好きだったのか早くも曖昧になってきている。先輩はいつから、こうだったんだろう。

先輩から好きだと言ったのに。いや、だから先輩から別れようと切り出すのは正しいのか。

言われたときは頭が真っ白になっていて、ほとんどなにも言えなかった。表面に言葉を貼りつけて、そのものを見つめるだけでせいいっぱいだった。今ならなにか言い返せそうだ。恨みだろうか。それとも懇願？　でもなにを言ったって、先輩との仲がこれ以上続いていくとは思えない。食い下がるのは、残った欠片《かけら》まで粉々に踏み潰していくようなものだ。

携帯電話に登録された番号は、衝動的に消していた。

恨《うら》み辛《つら》み、未練がましさ。そういうものをぶつけるくらいなら、これで良いんだろう。

きっと、先輩から電話をかけてくるなんてことは、ないのだから。

……予感が、なかったわけでもない。先輩の態度から察するものはあった。見ないフリをして、先輩のことを信じようとしていただけだった。でも直面して、頭痛めいたものが襲う中では知らないフリも通じない。翻って、一つずつを振り返れば知りたくもない事実がある。

先輩は、憧れという表現をよく用いていた。

そう、先輩は憧れていた。恋人と秘密のやり取りをすることに。電話することに。キスをすることに。恋人という、特別な相手に。そんな関係を自分が持つことに。

先輩が恋していたのは、私じゃなく恋というそれそのもの。

恋に恋するなんてありふれた表現があるけれど、先輩は正にそれだったのだ。

だから。

私は先輩でないとと考えていたけれど、先輩は、そうじゃない。

先輩の恋人は恋人で、私の恋人は先輩。

替えが効く方と、効かない方。

考えていて本当に。気分が悪くなりそうだった。

いつかの祖母とのやり取りがぼんやりと滲《にじ》む。

結果を知ってしまうと、大人は臆病になると。

なりそうだった。

じゃあ今の私は、大人になったってこと?

もう子供じゃないんだから、と先輩の勝手な発言が瞼《まぶた》の上にのしかかる。

子供でもなく、大人とも言いがたく、先輩の望む私もなくして、私ってなんなんだ。

考えても分からないし、考えるだけの元気もない。

がたがたって、レールを外れて見当外れのどこかに向かっている気がした。

前に向き直ろうにも、心は動かない。

押さえつけてしまっているから、前後左右もない。

動く気力さえ湧かなくて、ただ無意味に時間が進んでいく。

それなら、いっそ。

いつまでも心が潰れて、悲しくならなければいいのに。

そう願って、顔を伏せた。


先輩が高等部に進学して、会う機会が減った。

何日も何週間も会えない日が続いて、だけどこの寂しさを先輩も感じていると信じてた。

……そしてわたしは信じるだけで、具体的になにもやってこなかった。

夢見ていただけだった。

だから夢から覚めて、なにも残らないのは当たり前の話だった。

電車通学が嫌になったという理由で、私は中高一貫の進学から離れた。

環境を変えるための嘘《うそ》はこれで二度目だった。今度の嘘も、両親は受け入れてくれた。たくさんの習い事で自分を高めることも、周りにいいとこと評されるような私立の学校に身を置くことも途中で諦めて、ああ、案外しっかりとしていないのかなと自分の評価を改める。

誰かと出会って、乱されて、中途半端に終わる。

今度こそ、もう、そんなことを繰り返さないようにしよう。

心を硬くするようなイメージを整えながら、高校の入学式に臨む。

外も同様だけど、体育館の中も四月の始まりにしては肌寒い日だった。用意された椅子の脚に触れると、冬に逆戻りしたように冷たい。周りの新入生も緊張からか、身を固くするようにして大人しく挨拶を聞いていた。私も同じようにしていて、でも先生の挨拶は頭に半分も入っていなかった。意識しないようにしても、気づくと先輩とのやり取りを振り返っている。

そこには辛《つら》いものばかりで、一つとして楽しいことなんてなかった。

なんて、それならよかったのに。

そうじゃないから、ひらひらと表裏を翻すように目の前をちらついて、落ち着かない。

先生の歓迎挨拶が終わり、新入生代表の挨拶に移る。

その代表は私じゃなかった。

入学試験の結果で、私より上がいたということになる。先輩のせいにはあまりしたくないけれど、勉強が疎《おろそ》かになっていた事実を突きつけられる形となる。先輩と、あんなことにならなかったらと壇上を見上げる。でも、出会っていないなら友澄の高等部に進学しているか。

小さく溜息《ためいき》をこぼし、足の上に握りこぶしを作る。

すぐに追い抜く、と決める。

そうそうこういうの、と訪れる向上心に安堵《あんど》する。先輩と関わっている間に忘れてしまったんじゃないかと不安になっていたけど、自分を律することはちゃんとできた。

私はまだ、大丈夫。

失敗なんて息を吐くように、意識しないように、忘れてしまおう。

……忘れよう。全部。一時の気の迷いだったって、私も言えるように。

いつになったら、そこまで割り切れるのか。

『一年三組、七海燈子《ななみとうこ》』

代表の名前が呼ばれる。女の子、と名前で察した。

私より、少なくとも今は優秀な女の子。

ムッとする。同時に関心も湧く。負けるという経験があまりないからだった。

「はい」

応える声には、少し大人びたものを感じた。

斜め後ろに離れた椅子から、人の立ち上がる気配を感じる。足もとから訪れる冷たい空気が、それに合わせて変わっていくように思えた。その女の子の方へと、場の空気と共に流れ込んでいくような気がした。

声はなく、けれどざわめくようなものを予感した。

気を抜くとすぐ俯《うつむ》いてしまう心境を軽やかに無視するように、自然、顔を上げる。

そして私は、彼女を見た。


そのとき。

その微笑《ほほえ》んだ横顔に。

冷気を忘れるように柔らかく流れる黒い髪に。

頭の中に真っ白く丸い輝きが大小問わず三つ広がる。

そのとき。

私には後悔が渦巻いていた。女の子を好きになったということも一時の迷いだったと強がるために女子校から離れようと決めていた。その一方で先輩ともっと上手《うま》くいくにはどうすればよかったのかとも考えていた。先輩を好きになって先輩に好かれるようにと変わっていった私はもう元の自分に戻れないのではって不安になっていた。恋愛なんて余計なことだって思うことでしか前を向けなかった。家族の誰にも相談できない気持ちだった。

ややこしいことばかりが増えていくから、もう人を好きになるなんてやめてしまおう。

そうしたものを抱いてここに今の私がいるはずなのに。


そのとき。

全て、どうでもよくなった。


それからの入学式のことは、ほとんど頭に残っていなかった。

これほど、他のことに意識が向かないのは初めてだった。集中している、ともまた異なる偏りだった。視界が中央にぎゅっと押し潰されて、ごく狭い場所しか見えなくなってしまっているような窮屈ささえ感じる。とにかく、私には『あの子』のことしか頭になかった。

式が終わって、それぞれの教室へと移動する運びとなる。そうして体育館から出て歩く最中、七海、佐伯、と名字を宙でなぞる。周りに変に思われないよう、素早く小さく。

名前の順番で整列していたから、後ろか、と意識する。担任の背中に続く人の流れの中から一歩だけ外れて、歩みを緩める。さとなの間を埋めるように、少しずつ後退していった。

特別に考えがあったわけでもなく、ただ話をしてみたかった。

一歩、一歩と距離を詰めて、目の端に七海燈子を見つけて身を固くする。

もう一度、七海燈子を確認してから、さぁどうしようと緊張する。どう話を切り出そうと考えながら一瞥《いちべつ》すると、しっかり目が合ってしまった。七海燈子が目を少し開いて、丸くしている。

混乱しながら同時に、綺麗《きれい》、とまた頭が真っ白になりそうになる。

「七海さん」

声が裏返るほどの動揺ではなかった。何気なさを装って話せたと思う。

それに対して、七海燈子はおや、という一拍置いたような反応だった。微細な目の動きからは名乗ったか、知り合いだったか、と不思議に思う様子が伝わってきた。

「新入生の挨拶で呼ばれていたから」

「あ、そっか」

新入生代表の挨拶の時は遠く、響いていた声が近い。

当たり前の調子、距離の中に七海燈子があった。

七海燈子が一度、目を泳がせる。ゆっくり、一周するようにしてから私に尋ねてきた。

「挨拶どうだった？　おかしなところなかったかな」

軽い話題のようで、しっかりと感想を求められているのが声の調子から伝わる。

新入生と思えないくらい堂々と振る舞っていたから、意外な確認だった。

だからおどけることなく、ありのままを口にする。

「立派だったわ」

それこそ普段の私だったら、負けん気の一つくらい密《ひそ》かに芽生えるくらいに。

でも、今の私にそんな波風は立たない。

より大きな感情の波に呑《の》まれては打ち消されていく。

「なら、いいんだ」

七海燈子は安堵《あんど》するように、口の端を薄く緩める。そうした緩みはすぐに隠されて、七海燈子の目が私を捉える。視線は、名前を聞いているように思えた。

「佐伯。佐伯沙弥香」

高校生になってから初めて、誰かに名乗る。

一方、七海燈子の名は恐らく新入生全体が既に知っている。

一歩も二歩も私の前を歩いている。そこに、心が引き寄せられるように思えた。

「佐伯さんね。よろしく」

「ええ」

どちらも前を向き、会話はそこで途切れる。当然だ、話すことなんて特にないのだから。

まだお互いになにも知らない。

なにかがあるとしても、すべてはここからだった。

私たちの教室が見えてきたところで、七海燈子がもう一度、尋ねてきた。

「そうだ、生徒会の活動に興味ない？」

「生徒会？」

「私は生徒会に入るつもりなんだけど、佐伯さんもどう？」

教室の入り口の脇に逸《そ》れて、両方の足が止まる。

入学初日からそこまで決めているなんて、珍しいなって思った。

中学校から継続しての部活動というのはありそうだけど、生徒会を希望と来る。

そういう活動に憧れていたのか、それとも。

「生徒会に知り合いでもいるの？」

誰かの後を追って、参加しようと考えているのか。

こちらとしては兄姉でもいるのかという、簡単な問いだった。

でもその返答には、確かなる事情と隙間があった。

「ううん」

嘘《うそ》は下手なのか、動揺が思いの外深いのか、分かりやすい反応だった。

声も態度も冬の土塊のように硬い。

何かがあるのだろうとは感じた。でもそこまで踏み込む間柄ではまだなく。

こちらから、話題を変えることにした。

「でも生徒会ね……なんで私を？」

まだ少し話しただけなのに、どうして誘ったのかと聞いてみる。

話が変わったことで七海燈子の気は少し緩んだようだった。顔に指を添えて、小難しいものを見つめるように目を細める。

「うぅん……真面目そうな雰囲気があったから？」

「それは、光栄ね」

前にも誰かにそんなことを言われた気がする。私は誰の目にもそう見えるのだろうか。

人それぞれと言いながらも普遍的で、変わらないもの。

そういうものもあるかもしれない。

七海燈子は恐らく、誰が見ても美人だろうから。

「いいかもね」

本当は七海燈子に誘われるなら、バレー部でもソフトボール部でもついていっただろう。

近くで改めて見ると、感情が七海燈子一色に染まる。そして吸い寄せられていく。

彼女は私との間に川を作り、海を作り、流れを生む。

水面が眩《まばゆ》いほど輝くように、そこに至るものは直視できないほど美しかった。

「よろしくね」

人当たりの良い笑顔が私を歓迎する。間近で向けられて、慣れない間は耳や頬が赤く染まっていないだろうかって心配になる。

でもその笑顔に、まだ距離があるとは分かっていた。

むしろその距離を守るための表情なのかもしれないとさえ思った。

そういうものを感じさせられると俄然《がぜん》、一層の興味が湧く。

教室に入りながら、合唱部の勧誘を受けたときを思い出す。

あの時に先輩と出会って……失敗して。

また、誰かにこの手を取られる。

生まれたはずの傷や痛みを忘れるように、繰り返す。

懲りないなぁ、と自分を少し笑う。

そうかもしれないと、次は大きく笑った。


やがて私は、沙弥香と呼ばれるようになる。

そして私は、彼女を燈子と呼ぶようになる。

そんな七海燈子と出会って、私は納得する。

理解でもなく、諦めでもなく、そこにあるのは自分への納得。

私は、女の子に恋することしかできないんだって。

あとがき

今回、『やがて君になる』のノベライズを担当させていただきました。

いわゆる佐伯先輩についてのエピソード0みたいな内容であり、続きは漫画で、という形になっています。願わくはその続きもまた描写してみたいという希望はありますが、こればかりは私の一存で決められることではないのであくまで個人の意見ということになります。

イラスト担当……というかこういう場合、本文担当が私という形なのか。

あくまで主役は仲谷《なかたに》さんである。

じゃあ私があとがき書くのはなんだかおかしくないか？

イラスト描いている○○さんがあとがき書いているようなものだ。

まぁいいか。

お読みいただき、ありがとうございました。

入間《いるま》人間《ひとま》

こんにちは、『やがて君になる』原作者の仲谷鳰です。自作のキャラクターを人に預けるのはなかなか勇気がいることだと思うのですが、スピンオフ小説を執筆していただけるのが入間人間さんだと聞いてノータイムで送り出しました。まったく正しい判断でした、すばらしい小説をありがとうございます。あまりにも紛れもない沙弥香だったおかげで、読みながら自分が何回「沙弥香」と口に出したか数えておけば少し面白かった気がします。

仲谷 鳰

◉入間人間著作リスト

嘘つきみーくんと壊れたまーちゃん 1〜11、i（電撃文庫）
電波女と青春男①〜⑧、SF版（同）
多摩子さんと黄鶏くん（同）
トカゲの王I〜V（同）
クロクロクロック シリーズ全3巻（同）
安達としまむら1〜7（同）
強くないままニューゲーム1、2（同）
ふわふわさんがふる（同）
虹色エイリアン（同）
おともだちロボ チョコ（同）

美少女とは、斬る事と見つけたり（同）
いもーとらいふ〈上・下〉（同）
世界の終わりの庭で（同）
やがて君になる 佐伯沙弥香について（同）
探偵・花咲太郎は閃かない（メディアワークス文庫）
探偵・花咲太郎は覆さない（同）
六百六十円の事情（同）
バカが全裸でやってくる1、2（同）
19 —ナインティーン—（同）
僕の小規模な奇跡（同）
僕の小規模な自殺（同）
昨日は彼女も恋してた（同）
明日も彼女は恋をする（同）
時間のおとしもの（同）

瞳のさがしもの（同）
彼女を好きになる12の方法（同）
たったひとつの、ねがい。（同）
エウロパの底から（同）
砂漠のボーイズライフ（同）
神のゴミ箱（同）
ぼっちーズ（同）
デッドエンド 死に戻りの剣客（同）
少女妄想中。（同）
きっと彼女は神様なんかじゃない（同）
もうひとつの命（同）
もうひとりの魔女（同）
僕の小規模な奇跡（単行本 アスキー・メディアワークス）
ぼっちーズ（同）

本書に対するご意見、ご感想をお寄せください。

電撃文庫公式ホームページ 読者アンケートフォーム
https://dengekibunko.jp/
※メニューの「読者アンケート」よりお進みください。

ファンレターあて先
〒102-8584　東京都千代田区富士見1-8-19
電撃文庫編集部
「入間人間先生」係
「仲谷　鳰先生」係

本書は書き下ろしです。

電撃文庫

やがて君《きみ》になる 佐伯沙弥香《さえきさやか》について

入間人間《いるまひとま》

2018年11月10日　初版発行
2025年５月10日　12版発行

発行者　山下直久
発行　株式会社KADOKAWA
〒102-8177　東京都千代田区富士見 2-13-3
0570-002-301（ナビダイヤル）
装丁者　荻窪裕司（META＋MANIERA）
印刷　株式会社 KADOKAWA
製本　株式会社 KADOKAWA

●お問い合わせ
https://www.kadokawa.co.jp/（「お問い合わせ」へお進みください）
※内容によっては、お答えできない場合があります。
※サポートは日本国内のみとさせていただきます。
※ Japanese text only

※定価はカバーに表示してあります。

ISBN978-4-04-912165-0　C0193　Printed in Japan

電撃文庫　https://dengekibunko.jp/

電撃文庫創刊に際して

文庫は、我が国にとどまらず、世界の書籍の流れのなかで〝小さな巨人〟としての地位を築いてきた。古今東西の名著を、廉価で手に入りやすい形で提供してきたからこそ、人は文庫を自分の師として、また青春の想い出として、語りついできたのである。

その源を、文化的にはドイツのレクラム文庫に求めるにせよ、規模の上でイギリスのペンギンブックスに求めるにせよ、いま文庫は知識人の層の多様化に従って、ますますその意義を大きくしていると言ってよい。

文庫出版の意味するものは、激動の現代のみならず将来にわたって、大きくなることはあっても、小さくなることはないだろう。

「電撃文庫」は、そのように多様化した対象に応え、歴史に耐えうる作品を収録するのはもちろん、新しい世紀を迎えるにあたって、既成の枠をこえる新鮮で強烈なアイ・オープナーたりたい。

その特異さ故に、この存在は、かつて文庫がはじめて出版世界に登場したときと、同じ戸惑いを読書人に与えるかもしれない。

しかし、〈Changing Times,Changing Publishing〉時代は変わって、出版も変わる。時を重ねるなかで、精神の糧として、心の一隅を占めるものとして、次なる文化の担い手の若者たちに確かな評価を得られると信じて、ここに「電撃文庫」を出版する。

1993年6月10日
角川歴彦

電撃文庫DIGEST　11月の新刊

発売日2018年11月10日

魔法科高校の劣等生㉗ 急転編

【著】佐島 勤　【イラスト】石田可奈

激化するパラサイトと光宣との戦いに備え、達也は新魔法『封玉』の完成を目指し鍛錬を続ける。 同じ頃、日本に迫る新ソ連艦隊を一条将輝と吉祥寺真紅郎が迎え撃つ!!　一方、巳焼島ではリーナとスターズがついに激突することに――!?

ストライク・ザ・ブラッド19 終わらない夜の宴

【著】三雲岳斗　【イラスト】マニャ子

帰国した古城たちを待っていたのは、吸血王が率いる謎の組織「終焉教団」が仕組んだ、絃神島の支配権を賭けた厳正なゲーム「領主選争」だった。魔族司士の死闘に否応なく巻きこまれていく古城と雪菜。それこそが吸血王の目的だった!?

俺を好きなのはお前だけかよ⑩

【著】駱駝　【イラスト】ブリキ

とある疑惑で西木蔦高校の秋の『繚乱祭』が開催中止に!? しかも容疑者はパンジー、ひまわり、コスモス。俺にとってかけがえのない大切な三人だ。この中で誰か一人を失うなんて――俺には耐えられない! さあ考えろ、ジョーロ!! ここから大逆転する方法を!!

ネトゲの嫁は女の子じゃないと思った？ Lv.18

【著】聴猫芝居　【イラスト】Hisasi

「私は、進学を、やめるぞ!」3年も半ばで突如、起業家になると言いだしたマスター。彼女が課された試練、それは……LAで『商会』の戦国乱世を制すること!?　残念美少女・アコと始めるネトゲ部流進路ガイダンス、スタート!

魔王学院の不適合者3 ～史上最強の魔王の始祖、転生して子孫たちの学校へ通う～

【著】秋　【イラスト】しずまよしのり

《勇者学院》との交流のため人間の都を訪れた魔王学院の生徒たち。しかしこの平和な時代にあってなお、彼らの胸の内には魔族への敵意が燻っていた。 二千年を経ても癒えぬ魔族と人間の禍根を目の当たりにしたアノスの前に、ついに偽りの魔王がその姿を現す!?

未踏召喚://ブラッドサイン⑨

【著】鎌池和馬　【イラスト】依河和希

東欧F国にて暴走した『白き女王』の戦装束『真実の剣』は、世界を吹き飛ばそうとしていた。 一方、残された女王に信楽真紗美は告げる。城山恭介と世界を救うなら、人の何たるかを知る必要があると。

三角の距離は限りないゼロ2

【著】岬 鷺宮　【イラスト】Hiten

一人の中にいる二人の少女「秋玻」と「春珂」。「二重人格」な彼女たちと出会い、その片方と恋に落ちた僕はきっと浮かれていた。その裏で揺れる「彼女」の気持ちに気付かずに――分かりあえない僕らの、三角関係恋物語は続く。

いでおろーぐ!7

【著】椎田十三　【イラスト】憂姫はぐれ

反恋愛活動のさらなる躍進の為、次期生徒会長選挙に立候補した領家。現生徒会長宮前の後ろ盾もあり勝利は確実に思えたが、内部からの妨害が仕組まれて――!?

リア充爆発アンチラブコメ、ついにクライマックス!

新作　僕と死神の七日間

【著】蘇之一行　【イラスト】和遥キナ

優秀な兄が死んだ。なのに無価値な僕は生きている。そんな僕は死神だという喪服姿の少女と出会う。彼女は僕があと七日で死ぬと宣告し――。生きることに執着しない僕と、生きて欲しいと願う死神の、切なく美しい物語。

新作　バーチャル人狼ゲーム 今夜僕は君を吊る

【著】土橋真二郎　【イラスト】望月けい

バーチャル空間で、突如謎の人狼ゲームに巻き込まれた高坂直登と二年四組の生徒達。現実世界に戻った生徒達を待ち受けていたのは、ルールを無視した仲間の死だった! 『ここでの死はリアルです』不条理な現実を突きつけられた生徒達の選択は――?

新作　やがて君になる 佐伯沙弥香について

【著】入間人間　【原作・イラスト】仲谷 鳰

理解でもなく、諦めでもなく、ここにあるのは自分への納得。私は、女の子に恋することしかできないんだって――。ままならない想いに揺れ動く少女、佐伯沙弥香の恋を描くもう一つのガールズストーリー。人気恋愛漫画『やがて君になる』外伝ノベライズ登場!

安達としまむら
昨日、しまむらと私が
キスをする夢を見た。
体育館の二階。ここが私たちのお決まりの場所だ。
今は授業中。当然、こんなとこで授業なんかやっていない。
ここで、私としまむらは友達になった。
日常を過ごす、女子高生な二人。
その関係が、少しだけ変わる日。
入間人間　イラスト／のん
電撃文庫

七つの魔剣が支配する
宇野朴人
illustration ミユキルリア
運命の魔剣を巡る、
学園ファンタジー開幕！
春――。名門キンバリー魔法学校に、今年も新入生がやってくる。黒いローブを身に纏い、腰に白杖と杖剣を一振りずつ。胸には誇りと使命を秘めて。魔法使いの卵たちを迎えるのは、満開の桜と魔法生物のパレード。喧噪の中、周囲の新入生たちと交誼を結ぶオリバーは、一人に少女に目を留める。腰に日本刀を提げたサムライ少女、ナナオ。二人の、魔剣を巡る物語が、今始まる――。
電撃文庫